汤姆·斯威夫特和X星球的来客

【英】维克多·阿普尔顿Ⅱ 文
燕锐锋 等图
刘庆双 等译

江西·南昌
江西科学技术出版社

图书在版编目（CIP）数据

汤姆·斯威夫特和X星球的来客 / (英) 维克多·阿普尔顿Ⅱ文；燕锐锋等图；刘庆双等译. -- 南昌：江西科学技术出版社, 2018.3（2024.1重印）
（汤姆·斯威夫特丛书）
ISBN 978-7-5390-5877-1

Ⅰ. ①汤… Ⅱ. ①维… ②燕… ③刘… Ⅲ. ①儿童故事－英国－现代 Ⅳ. ①I561.85

中国版本图书馆CIP数据核字(2017)第046831号

国际互联网(Internet)地址：http://www.jxkjcbs.com
选题序号：KX2016070
责任编辑：郭绪书
特约编辑：熊　玮

汤姆·斯威夫特和X星球的来客
TANGMU SIWEIFUTE HE X XINGQIU DE LAIKE
〔英〕维克多·阿普尔顿Ⅱ 文；燕锐锋 等图；刘庆双 等译

出版发行　江西科学技术出版社
社址　南昌市蓼洲街2号附1号
邮编：330009　电话：（0791）86623491　86639342（传真）
印刷　三河市嵩川印刷有限公司
经销　各地新华书店
开本　700mm × 1000mm　1/16
字数　114千字
印张　11
版次　2018年3月第1版　2024年1月第2次印刷
书号　ISBN 978-7-5390-5877-1
定价　39.00元

赣版权登字-03-2017-52

前言 QIANYAN

人总是离不开阅读，特别是在现代化信息时代，阅读无疑更是我们难求的一片宁静港湾，让我们有机会去感受、去体悟、去反思、去认证我们的这个世界和未来的世界。

科幻小说是一种起源于近代西方的文学体裁，在尊重科学结论的基础上进行合理设想后形成的文学作品，具备“逻辑自洽”“科学元素”“人文思考”三个要素。科幻小说与一般的传统小说不同，其特殊性在于它与科学技术的发展有着直接的联系，能让读者间接了解到科学原理。但它又是一种文艺创作，它扎根于社会现实，反映社会现实中的矛盾和问题，在科学技术发展的方向上，提供若干有参考价值的预见。有时，某些科学发明尚未出现，科幻小说里则已经进行生动的描绘，如潜水艇、机器人和宇宙航行等。

著名文学评论家布哈伊·哈桑曾说，科幻小说可能在哲学上是天真的，在道德上是简单的，在美学上是有些主观的，或粗糙的，但就它最好的方面而言，它似乎触及了人类集体梦想的神经中枢，解放出我们人类这具机器中深藏的某些幻想。

阅读科幻小说至少让我们有如下的感受:

一、文学的轻松愉悦

科幻小说的主题非常明显，它会涉及“未来”和“未知”、“科学”和“规律”、“生命”和“文明”、“生存”和“冒险”等等，每一本科幻小说都是一个全新的世界，每一次阅读都是一段全新、充满惊喜的精神旅程。

二、科学与严谨的想象

爱因斯坦说过，想象力比知识更重要，因为知识是有限的，而想象力概括着世界上的一切，推动着进步，并且是知识进化的源泉。通过阅读科幻小说，感悟其中的想象力，在人文、哲理的思索上，在思想道德意识的增强上所起到的作用是潜移默化的、是发散性的，其威力是不可估量的。

三、引发科学与理性的思考

科幻小说中的“科学方法”是一种有系统地寻求知识的程序，涉及“问题的认知与表述”“观察与实验搜集证据”“假说的构成与测试”。简单地说就是一个科学理论要经过观察、解释、预测、确认、评估、发表的程序，才能从一个假设发展成原理。科幻小说的“理性思考”就是遵从客观规律、进行逻辑分析的思考方式。

《汤姆·斯威夫特》系列曾是国外流行的科普小说，书中很多的科幻内容今天都已经变成了现实，它曾影响了几代读者，它伴随了很多人的成长。现以中文出版此书，相信书中的情节与科学，也会给中国读者带来同样的快乐体验。

目录 MULU

“码”上冒险
和小睿一起
开启科幻世界
XIAO RUI
AI冒险搭档小睿老师
大冒险
揭秘现在
科普视频解答生活中的奇妙
探索未来
趣味动画揭秘世界运转奥秘
冒险小队
交流园地，聊聊你的冒险经历
我是你的
冒险搭档小睿
你可以问我
没有太阳，地球会怎么样？
外星人真的存在吗？

第一章 地 震

“汤姆，我们的陀螺稳定器出问题了。”一头灰发的费伯电子公司董事长马克·费伯说，“希望你能找出毛病来。”

18岁的发明家汤姆微笑着接受了这项挑战。他回答说：“先生，我愿意试试。”

汤姆·斯威夫特最好的朋友——黑头发的年轻飞行员巴德·巴克利咯咯地笑着说：“要说有谁能把费伯先生新发明的毛病治好，就得看咱这位小天才了！”

两个大男孩跟着费伯先生和他的工程师们走进了一座警卫森严的木制建筑，他们看见一台神秘的火箭遥测仪放在实验台上。

“汤姆，你是知道的，”费伯先生首先开口，“火箭飞行的通常条件是——”

突然，整座建筑开始摇晃起来。费伯先生大吃一惊，话说到一半打住了。

“天哪！”巴德喊道，“这应该不属于你常规的实验程序吧？”

惊叫声和玻璃的碎裂声淹没了他的问题。墙壁和房顶在剧烈地抖动，随之开裂，他们脚下的混凝土地面在不断地隆起。

“当心！实验台松脱了！”汤姆大声提醒道。

费伯先生和他的两位属下发了疯一般，想用力稳住支撑着遥测仪的庞大实验台。另一位工程师冲向大门，想看看外面到底出了什么事。还没等他冲到门口，又是一波强震，把他们全部掀倒。

电子设备从壁架上哗啦啦地滚下，一台重型链式吊车从架空轨道滑脱，轰的一声砸到了地上。

“地震了！”汤姆上气不接下气地说。

这时，巴德一把抓住空气压缩机外面的金属丝网筛，将自己拉了起来。然而紧接着，第三波更为猛烈的震动袭来，将他又掀翻在地。“天棚！要塌了！”他听到有人在尖叫。

巴德惊恐极了，眼睛向上一扫，瞥见实验台上那架十分昂贵的遥测仪正歪向一边，瞬间倾倒，重重地压在了马克·费伯身上！

巴德伸出双臂来自我保护，但为时已晚！一根跌落的横梁正好砸在他的后脑勺，他立刻失去了知觉。

时间过了好几分钟，废墟中的人都一动不动。后来，被碎料砸晕的汤姆挣扎着坐了起来。

“天哪！”汤姆的眼睛惊恐地紧盯着被滚滚烟尘笼罩着的

废墟。

天棚很危险，在支架上摇摇欲坠，已经裂开了几道口子，汤姆可以看到外面的夜空。墙面只剩三分之二没有坍塌。

突然，汤姆吓得全身僵直，喊了一声：“巴德！”汤姆刚刚发现他的朋友就在不远处被紧紧地压在一根沉重的横梁下。他想，巴德还有气吗?

汤姆不顾自己的伤情，急忙推开压在身上的碎料，摸索着向巴德身边靠近。他使出浑身的力气，挪开了那根横梁，将巴德的头抱在怀里。巴德的眼皮抖了一下。

“你还好吧？”汤姆怯生生地问道。

回答他的是一阵呻吟，巴德虚弱地说：“啊——！哇！什么东西砸到我了？”

“你被掉下的横梁碰到了，起码是擦到了。”汤姆庆幸地补充道，“那根梁要是正好砸在你头上，你就是石头脑袋也早没命了！”

巴德费力地苦笑了一下，调侃道：“这种树生长在我的故乡，结实得很啊！”

在汤姆的搀扶下，巴德颤颤巍巍地站了起来。虽然从毁损的实验室里大难不死，两个大男孩却感到悲哀，不知从何下手展开救援工作。

“这是地震。”巴德肯定地说。他从祖父那里听说过大地震的事，因此他对刚才的震颤属于什么性质确信无疑。

这时汤姆隐约瞧见，在那堆摔坏的遥测仪下露出个人。

“费伯先生！”他费力地喊道。

两个大男孩手脚并用，爬过一堆堆的碎料，向早先搭建实验台的地方移动过去。巴德抓起一根细长的工字钢梁，用力撬开那堆破损的仪器，汤姆则小心翼翼地将费伯先生解救出来。

费伯先生好像伤得不轻。“咱们最好不要动他。”汤姆做出决定，“要叫救护车。”

至于其他四位工程师，有两位处于半清醒状态，身体在动。两个男孩找到一个急救箱，竭尽全力地帮助这两位及另外两位工程师。然后，汤姆用一卷绷带包扎了巴德头上的伤口。

“咱们看看能不能找到一部电话，联系当地医院。”汤姆说。

“对呀！”巴德赞同道。

他们在废墟中摸索着前行，看到一个骇人的场景。费伯电子公司的部分主厂房已被地震完全摧毁。电线垂落在地，外围仓库正燃着大火。幸存者惊慌失措，失魂落魄，有的漫无目的地转悠，有的四下奔忙，帮助伤员。

“好在大部分工作人员已经下班了，”巴德打了个冷战，“要不然伤亡就更大了。”

“看啊！”汤姆指着一个巨大的裂隙，“我们的飞机本来是停降在这里的。”

二人对视了一下，眼中充满了悲凉和沮丧。他们意识到，送他们来费伯电子公司的那架飞机——那可是汤姆独自设计的喷气直升机中的一架——已经被这巨大的深坑吞噬了。

“现在别大惊小怪的了。”汤姆说，“巴德，咱们得赶快想法子帮费伯先生求助！”

尽管现场一片狼藉，两个大男孩还是找到了工厂主管。主管名叫西姆金斯，是一位饱经风霜的中年人，正在竭尽全力恢复秩序。西姆金斯本人没有受伤。他告诉汤姆和巴德，电工们正在拉一条紧急电话线，好接通离他们最近的镇。

“费伯先生受了重伤。”汤姆说，“为什么不派辆车呢？不是只有几千米吗？”

“我会派个工厂护士去照看他。”西姆金斯说，“至于去镇里，你们先看看停车场再说吧。”他猛地用手指过去。一面大墙倒塌，砖石已将所有的车辆砸得稀烂。“我们仅剩的一辆卡车就在那个着火的棚子里。”主管伤心地补充了一句。

“真不走运。”汤姆十分同情，“不管怎么说，我们想尽点儿力。有什么我们能干的吗？”

汤姆反应敏捷、技术精湛，西姆金斯非常高兴能把他派上用场。几分钟后，汤姆就开始负责清理碎砖碎石，抢救任何可能被困在楼里的人。巴德组织了一支消防队，防止棚子里的火势向外蔓延。

电话线很快接通了，救援车辆川流不息地抵达，有一些消防卡车、三辆救护车，还有不少志愿者自己开车前来。

两小时后，汤姆和巴德在灾害现场已经插不上手，于是搭车去了附近的镇。那里也遭受了破坏，但比起费伯电子公司来说程度稍轻。

“震中正好就在费伯电子公司底下。”汤姆发表看法。

他用付费电话联系上肖普顿的斯威夫特企业集团。这是个实验站，他和爸爸的许多惊人发明都是在这里创造出来的。汤姆请求接线员马上派一架直升机来将他们接走。他还打到了家里，同妹妹桑迪通了话。

“这下子可放心了！”桑迪气喘吁吁地说，“我们从收音机里听到了地震的报道！”

“妹妹，别担心。告诉爸妈我们没事。”汤姆说，“我们一会儿就到家了，等着大吃一顿呦！”

20分钟后，直升机到达了汤姆指定的地点。在斯威夫特企业集团着陆后，两个大男孩驱车去了汤姆家。他家建在郊外，绿树环抱，景致怡人。

身材瘦小的斯威夫特夫人看到孩子们带着伤痕，衣衫不整，尽力掩饰着自己的担忧。“谢天谢地你们俩都没事！”她喃喃自语着。

妹妹桑迪比汤姆小一岁。她邀请了自己的朋友菲利斯·牛顿来家里一起吃晚饭。菲利斯一头黑发，很漂亮。她的爸爸是斯威夫特先生的老朋友，多年的业务伙伴，人称“奈德·牛顿叔叔”。两位女生像汤姆的妈妈一样忧心忡忡。

汤姆笑了起来。“我们可没用担架抬。”他说，“你们都怎么了？救护车上的医生给我们检查过了。”

巴德咕哝了一句。“你干吗非要搞砸呢？”他开玩笑似地抱怨着，“我还满指望桑迪用清凉的小手抚摸我发烫的额头呢！”

这时斯威夫特先生走进了起居室，他告诉汤姆，当时妈妈和妹妹有多么担心。“我极力地宽慰她们，说无论出现什么险情，你和巴德都会很好地保护自己的。”他内疚地笑了笑，接着说道，“不过我得承认，当时我自己也十分担心啊！”

汤姆咧嘴笑时，他和爸爸的相像之处就非常明显。父子俩都有清晰的五官和深陷的眼睛，只不过小汤姆更瘦更高。

等两个男孩冲完澡，换好了衣服，斯威夫特夫人给他们端上来美味的热餐。在他们吃饭的时候，斯威夫特先生好不容易才把电话打到了医院。挂了电话后，他的脸色变得很严峻。

“马克·费伯先生可能活不了了。”斯威夫特先生向大家通报，“太遗憾了！他是个了不起的科学家。”

汤姆难过地点了点头。桑迪为了让哥哥不再去想这场灾难，说道：“爸爸，跟汤姆和巴德说说要来的客人吧！”

“有客人要来？”汤姆望着爸爸问道。

“来自别的星球。”斯威夫特先生吐露了一个信息。

两个男孩都吃了一惊，非常激动。“哇！”巴德急切地问，“男的女的？是人还是动物？”

斯威夫特先生眼睛一眨一眨地。“都不是。”他回答说。这时两个男孩目瞪口呆，大惑不解。

第二章 神秘的搭车人

汤姆与巴德心中充满了好奇。尽管斯威夫特一家已经同外太空生物用无线电保持联系好几个月了，但这还是迄今最令人兴奋的消息！

有一次，那些未知生物曾将一颗小行星——幻影卫星内斯特丽亚——推进到绕地轨道。后来，他们又将自己星球上生物的各种奇异样本投放在这个绕地飞行器上，供斯威夫特父子研究。另外还有几次，当汤姆、巴德及斯威夫特先生飞离地球去探险而身陷险境时，它们曾施以援手。可这一次它们目的何在呢？

电话响了，桑迪去接听。

“爸爸，看在老天的份上，”汤姆恳求着，“别再让我们乱猜了！来访的到底是谁？或者什么东西啊？”

看到孩子们困惑的表情，斯威夫特先生笑了。“事情是这样的，今天传来一个消息——”

他的话被桑迪打断了。她来到门口：“爸爸，电话是找您的，长途。”

斯威夫特先生起身去接电话。巴德咕哝起来：“这就是个阴谋。每个人都合起伙来，就是不让咱们搞清楚这位神秘的访客！”

汤姆咧嘴笑起来。“今天下午我们刚刚挺过了一场地震，哥们儿。”他欣慰地说道，“我想我们也可以熬过一通电话的时间吧。”

但汤姆内心跟巴德一样着急，他太想知道那到底是个什么样的消息了。

几个月前，太空生物首次以数学符号的形式发来了它们的联络信息。那些数学符号镌刻在一枚黑色的导弹上，而这枚导弹就恰恰降落在斯威夫特企业集团的院子里。

汤姆跟爸爸解读了那些符号，并且用一台大功率的无线电发射机传送了回复电波。后来，通过射电望远镜又接收到几次信息，经过转换，变成示波屏上的可视信号。

“桑迪一定知道详情。”巴德插了一嘴，“是她最先提到访客的。”

“我当然知道啦。”桑迪神秘兮兮地说道，“妈妈也知道，菲利斯也知道。可是别指望我们会泄密哟！”她又调侃起来。

汤姆和巴德一阵甜言蜜语，想从两个女孩和斯威夫特夫人那里再打探到点儿信息，可是桑迪和菲利斯头摇得像拨浪鼓一样，显然，她们俩很得意。

“看他们平时懒得搭理咱们，这下子咱们终于‘报复’了他们！”菲利斯笑了起来，褐色的眼睛高兴得闪亮。

“好啦，妈妈！你最够意思，你告诉我们嘛！”汤姆恳求着。

可是斯威夫特夫人也摇了摇头。“对不起，汤姆。”她优雅地婉拒着。“我觉着女生们没错。不过，我再吐露多一点儿，”她缓和了一下，“这将是汤姆·斯威夫特父子有生以来要去面对的最大挑战！”

两个男孩对视了一下，巴德评论道：“哎哟喂！这么说这可是重磅消息呀！机长，你和你爸爸必须得把这件事放在首位！”

征服外太空、探索海洋之谜、钻探地心——这些只不过是汤姆·斯威夫特令人激动的诸多壮举中的几项罢了。

汤姆的首次冒险是乘坐他的飞行实验室去了南美洲，在那里他避开了一伙正在寻找珍稀的放射性矿藏的叛乱分子。汤姆最近一次面对的挑战是击败来自杀手的威胁，当时这些人铁了心要搞到斯威夫特父子有关太空研究的最新成果。

两个男孩正默默地回忆着发生在过去几个月里令人激动的往事，这时斯威夫特先生回到了客厅。

坐在椅子上的汤姆和巴德向前探探身子。“是这样的，孩子们，”斯威夫特先生开口了，“刚才我正要告诉你们，今天，太空接收器捕获了一条信息，是居住在行星上那些不知名的朋友发来的。它们通知我们说，它们正向地球派来一名访客，而这名访客是由纯能量组成的！”

“能量？”汤姆吓了一跳，“我搞不懂，爸爸！”

“老实讲，我自己也不大明白。”斯威夫特先生承认，“信息里没说能量怎么到来，或者以什么形式到来。不过，反正它们要我们建造一种容器来接收。”

斯威夫特先生家陷入沉思，停顿了一下说：“在我看来，它们所说的能量一定是种隐形大脑。信息的符号很难解码，但是很显然，我们的工作就是建造一种装置，使能量能够通过这个装置来了解我们地球生命的活动状态，并且向我们传递它们的反馈。”

汤姆坐得笔直。“爸爸，这条信息太了不起了！”他惊呼起来，“要是咱们能让这个能量或者‘大脑’同咱们交流，它就能告诉咱们太空人是什么样子的！”

斯威夫特先生点点头，两眼放光，跟汤姆一样兴奋不已。

巴德也同样深有感触，却还是禁不住调侃起来：“你们说来者会是个什么人物？不会是个我可以约会的超级聪明的太空大美女吧？”

“不可能！”桑迪顽皮地驳斥他，“我坚信，一定是个年轻的帅哥，他有大把的时间，能跟地球上的两个优秀的女生约会！”

“哎哟！”巴德装出愁眉苦脸的样子，“那我可拭目以待恭候那位‘大人物’了！”

斯威夫特夫人插了一嘴：“天哪，它会不会失控，变得比我们还强大？说不定它就发飙了呢！”

“真要是那样可就不妙了。”斯威夫特先生苦笑着补充道，“不过我还是相信，我们的太空朋友不会让这种情况发生的。”

讨论这个问题时，他和汤姆两人都陷入了沉思。

“能量两星期后就要来了。”他接着说道，“不巧的是，刚才的电话是要求我到首都去处理政府的急事。这样一来，汤姆，你就得独自解决这个问题了。”

对于汤姆来说，这可是个需要冷静思考的问题。“妈妈，您说得对。这是个严峻的挑战。”汤姆说道。

很快，大家解散了。上次巴德把自己的敞篷车停放在了斯威夫特家，他主动提出送菲利斯回家。

汤姆睡了一宿好觉，早上醒来精神很好，吃完了可口的早餐——火腿和鸡蛋，他就开上自己那辆低车身的银色跑车朝公司开去。

“我想我该听听新闻。”想到这，汤姆打开了汽车仪表板上的收音机。

很快，喇叭里传出播音员的声音：“昨天地震灾害已造成31人受伤，他们大多为费伯电子工厂的雇员，其中4人伤势严重。不过，也有一个好消息。据最新报道，杰出的公司总裁马克·费伯可望康复。”谢天谢地，汤姆舒了一口气。

播音员接着播报：“附近的镇受损轻微，不过费伯电子工厂已几乎完全毁坏。损失评估尚未公布，但肯定不会低于数百万美元，其中包括正在该厂研发中的绝密防卫性武器。对于发生在被认为是‘无震’区域的地震为何强度超常，科学家们大惑不解。”

汤姆想到这令人不解的一面，也是第一次为这种灾难感到震惊。据他所知，这一地区方圆几百千米范围内，从未有过严重地震的报道。

他沿着卡罗帕湖附近一片偏僻的林区行驶，细细地思量着这件事。突然，他的思路被打断。一个男子从前面的树林中窜出，伸着拇指，示意要搭车。

“对不起，先生。”汤姆回应道，“我以前让人搭车的时候惹了一身麻烦！”他摇着头，让那名男子明白他无意停车。

让汤姆大为惊愕的是，那名男子故意走到路中间——不偏不倚地挡在了汤姆的车前！

汤姆赶紧刹车，他的银色跑车发出一声刺耳的尖叫，随即停了下来。若不是汤姆急打方向盘，差点儿就撞上了！

汤姆有些恼怒，喊道：“先生，您什么意思啊？您不知道会——”

“住口！”陌生男子咆哮起来。他一把扯开车门，钻进车里，坐在了汤姆身边。

“把我送到斯威夫特公司的院子里。”他操着外国口音下达着命令，“不许耍花招，否则你会后悔的！”

第三章 来自国际刑警组织的报告

汤姆大吃一惊，眼睛盯着陌生人。

“你是谁？”汤姆问道。

“别管我是谁，就照我的吩咐办！”对方命令道。

这时汤姆从惊异中回过神来，冷静地打量了一下这个不友好的家伙。

他三十岁左右，留着一头黑色的短发、消瘦的脸庞、坚实的下颌、双眼闪着冷峻的目光。

汤姆在寻思：我该不该冒险打一架？说不定他身上带着武器。

陌生人发出一声低吼，像是作为回应：“我给你下达了命令，伙计。别跟我赌命！开车！”

男子边说边将一只手深深地插进上衣口袋，这时汤姆感到有个硬邦邦的东西戳在了他的肋骨上。

汤姆让车子起步，但开得很慢。他需要争取时间来思考。

不一会儿，他们便已经远远地看见了围着高墙的斯威夫特公司。

汤姆的大脑在飞速运转。终于，他定下一条妙计。

他要开向大门，跳下车来，用他的电子钥匙开门而入，不必等待保安。同时，他将按下秘密警铃，向斯威夫特的保安报警。

然而，陌生人似乎猜到了他的心思。汤姆刚要拐向大门，身边的那个家伙就厉声说道："去你们父子进出的侧门！"

"我要是拒绝呢？"汤姆回道。

那个硬邦邦的物件又一次戳到了汤姆的肋骨。"那你就变成了人人所谓的死鸭子！"陌生人警告道，"然后我就用你的钥匙开门进去！"

汤姆闭紧嘴巴，又开了800米，然后左转弯驶向了侧门。当汤姆走向门口，男子也下了车，寸步不离。汤姆用电子钥匙对着隐秘的装置按了一下，门应声而开。车子进去以后，门又立即自动关闭。

汤姆将车子停在了他惯用的车位上。陌生人的手一直插在口袋里，监视着汤姆，同时好奇地扫视着周围。实验站占地四平方千米，有着闪亮的现代化实验楼楼群和车间。在远处，有一座围着玻璃幕墙的高大控制塔，俯瞰着公司长长的跑道，是专供喷气式飞机起落的。

突然间，陌生人全身僵直，呆若木鸡。一个大肚子、罗圈腿的人，头戴一顶白色的宽边帽，径直向他们走来。

汤姆心中腾起了希望。来人叫乔·温克勒，以前是流动炊事车的厨子，现在任斯威夫特探险队的大厨。

“你好，老板！”乔用粗哑的嗓音大喊着。他像往常一样，穿着一件花哨的牛仔衫，“这位新来的牛仔是谁呀？”大厨斜眼瞟了一下陌生人，眼神里透着友善的好奇。

“嗨——其实我还不知道他叫什么名呢。他想找工作，”汤姆答道，然后他扭头看着陌生人问道，“先生，您叫什么名字？”

陌生人用愤怒的目光瞪了瞪汤姆，又瞪着乔，好像不知如何回答。

乔眯起双眼。他发觉汤姆称这家伙为“先生”，有些不大对劲。他还注意到这人有只手一直藏在口袋里。他看了看汤姆，想寻找答案，突然间发现汤姆飞快地做了个“拇指向下”的暗示。

“我名叫……”男子的声音越来越低，变成一串含混的咕哝，往后的音节全听不清了，“老实说，我还不确定是否要在这里找工作，不过嘛，作为工程师，我想也许——”

就在男子又把凝视的目光转回到汤姆身上的一瞬间，乔扑向了这位不速之客。别看这位大厨身躯浑圆，块头又大，却出奇地敏捷。

他一下子将陌生人压在身下，又挥出一记老拳，砸中他的

下巴。汤姆像闪电般地跟进，抓住男子的手腕，把它猛地从衣袋里拽了出来。

男子手里紧握着一把短管的自动枪。在他摔倒的瞬间，汤姆一把夺下了枪。

男子在坚硬的地面不停地扭动，乔迅速地按住他另一只手，并用膝盖猛顶他的太阳穴。

"老实躺着别动，你这杂碎，要不然砸扁你。"乔警告着，接着又问，"汤姆，他是谁呀？"

"我可不知道。他在路上拦住我的车，强迫我载着他从侧门开进来的。嘿，老伙计，刚才一见到你别提我有多高兴了！"

汤姆卸掉子弹，然后对陌生人搜身，而乔一直将他牢牢地压着。此人身上没有钱夹，没带证件，也没有其他任何能够表明其身份的东西。

"尝尝我的风滚草沙拉吧。"乔发着牢骚，"他就是不想让别人弄清他是谁！这正说明这小子有鬼！正经人才不怕亮明身份呢！"

男子愤怒地用外国话咕哝着什么。乔的膝盖顶得更狠了。"老板，怎么处理他？"乔问道。

"让他起来吧，乔。"汤姆说道，"保安马上会来。"

汤姆说着话，又向远处扫了一眼，瞥见一辆吉普车朝他们疾速驶来。

汤姆明白是怎么回事。因为陌生人的手腕上没戴斯威夫特员工人人都有的特殊电子腕表，他一现身就自动出现在了雷达主显屏上。一队保安正赶过来调查。

乔放开那人，慢慢地站起身来。这时，那人没给任何警示，突然一记重拳打在了乔的腹部。乔四仰八叉地摔在地上！

没等汤姆对突袭做出反应，汤姆的颧骨上就狠狠地挨了一拳。汤姆有些发懵，但还是奋力反击。两人你来我往，一阵乱打。

汤姆一记重拳打在对方的下腹部，可紧接着自己也吃了同样的一拳。

突然，汤姆感到陌生人的手向他口袋抓来，要抢出门的钥匙。汤姆使出全身力气，紧紧搂住对手，将他摔倒在地。

陌生人招式凶狠犹如猛虎。但是吉普车转瞬即至，嘎吱一声停住。

敦实的菲尔·拉德纳带着三个保安跳下车来，马上就制服了那个人。

汤姆简要地向保安们讲述了事情的始末。

“好吧，先生，说说吧！到底怎么回事儿？”治安警察的头目拉德纳厉声喝道。

那人一言不发，只是怒目相视。

“那好，把他带走，看他什么时候冷静下来。”汤姆命令道。

那人衣衫不整，气喘吁吁，被扔进车里，押往安保大楼。

几分钟后，汤姆骑着摩托车也赶来了。公司的保安主任——一头黑发、身材精瘦的哈伦·艾姆斯——已经接手了此案，而被拘押者此刻正被采集指纹，接受拍照。

“有线索吗？”汤姆问道。

哈伦摇了摇头，说：“他不讲话，我们在档案里也找不到他的材料。他的衣裤上既没有标牌也没有洗衣店标记，不过我敢说都是外国货。”

汤姆点点头，说：“他肯定是外国人。他说话有口音，还朝乔一顿嘀咕——我听不懂，但绝不是英语。”

哈伦皱紧了眉头说：“我讨厌这个长相，机长，他兴许是个特务。”

“你跟警方通报了吗？”汤姆又问。

“是的，而且还通报了调查局。他们正朝这儿赶呢，打算把他带走。也许他们能够问出点东西来。”哈伦回道。

整个上午，汤姆就在公司主楼他和爸爸共用的办公室里处理一些日常事务。

这间办公室里配有现代化的连体办公桌，铺着长毛绒地毯，还有宽大的真皮座椅。

汤姆父子俩都有各自的绘图板，设计很独特，一按电钮，就从墙面旋转而出。办公室里还到处摆放着他们最著名的发明的微缩模型，包括汤姆发明的第一艘火箭飞船——星剑的复制品，它被漆成了红银相间的颜色；还有一艘喷气船的蓝色模型，汤姆曾驾着这艘船跟一帮水下海盗发生过激战；另外还有一个银光闪闪的模型，是汤姆最近正在研制的独一无二的宇宙航船号航天飞机。

因为爸爸去出差，管理这庞大实验站的重担现在就落在了年轻的汤姆的肩上。不间断的电话，大量的信件，以及各种其他琐事让他一直忙到中午。

乔端着午餐盘闯了进来，盘里有牛奶、热气腾腾的鸡肉三明治，还有巧克力松饼。汤姆早饿了，狼吞虎咽地大吃起来。

“有点像给老掉牙的增压器加油嘛，啊？”乔磨蹭着不走，想聊聊天。

“可不是嘛。”汤姆表示赞同。

“我说，一定要记住，饭一顿都不能少，觉也不能缺。”乔一边收拾着餐盘一边劝诫着，“像你这样干脑力活的年轻人需要充足的休息和维生素，这样才不会把自己熬干了。”

“我一定会记住的。”当面皮粗糙的乔离开时，汤姆咧开嘴，深情地笑了。

斯威夫特父子是在西南地区进行考察，研究原子能的时候首次遇到乔的。他对汤姆一见如故，难舍难离，跟着斯威夫特父子回到了肖普顿，成为终身雇员。

乔离开办公室不久，电话响了。汤姆接起电话，是哈伦·艾姆斯打来的。汤姆刚同他谈完，巴德就进来了。

“今早袭击你的那个疯子有什么消息吗？”巴德问道，“哈伦都跟我说了。”

“还没有，不过很快就会有啦。”汤姆说道，“哈伦刚刚打来电话，说他接到了首都来电，要求我们一点三十分准时守在视频电话旁。”

哈伦按约定时间提前了一点点到场。不一会儿，斯威夫特父子私密电视网络的控制台上闪起红色信号灯。汤姆接通了视频电话，屏幕上出现两个男子。

其中一个是斯威夫特家族驻首都的电视播音员布莱克，他介绍了旁边那位身穿深色西装，表情平静的秃顶男子。

“汤姆，这位是情报局的约翰·瑟斯顿。”布莱克说道，“他觉得此事最好与你当面谈谈。”

“很高兴认识您，先生。”汤姆打完招呼就介绍了他的同伴。

“你们今早抓到的人，我们已经弄清了他的身份。”瑟斯顿开口说道，“他化名贾可·雷纳，持L国护照进入A国。不过，我们刚从国际刑警组织那里得知，此人实际上是一名布朗加利亚人，名叫萨姆森·纳考。”

汤姆和哈伦交换了一下惊愕的眼神。过去，某些布朗加利亚派系曾针对斯威夫特家族策划了好几起极为险恶的阴谋。

“不幸的是，还不仅如此。”瑟斯顿接着说道，“国际刑警组织相信，纳考也是从前给你们屡造麻烦的叛乱团伙的一员。”

对此消息汤姆大为震惊道：“我还一直以为这帮家伙早被消灭了呢！”汤姆曾数次挫败他们俘获卫星“内斯特丽亚”的阴谋。不久之后有报道说，这伙叛乱分子的头目已被抓到，并以危害国家安全罪受到了审判。

“现在看来，”瑟斯顿阐述道，“遭到镇压的仅仅是一小部分人，反政府运动的其他成员又活跃起来，据说组织还十分坚强。”

情报局的人还谈到了更为险恶的消息。他们有理由怀疑，一个大国正策划通过支持叛乱分子的手段来发动一场政变，推翻布朗加利亚政权。他们已经颠覆了各个政府机构，在向布朗加利亚的技工学校派遣自己的教授。这些阴招全是他们第五纵队模式的一部分。

“布朗加利亚已有不少高官成为叛贼，”瑟斯顿又说道，“目前，任何人进出该国都十分困难。”

哈伦询问有关那些已知身在A国的叛乱支持者们的信息，可瑟斯顿却提供不出什么东西。

“当然了，对于来到我国的所有布朗加利亚人，我们都在进行严密的监视。”瑟斯顿做着解释，“不过，我们再怎么严密监视，像纳考这样的反叛分子还是有可能溜进来——通常手持偷来或者伪造的护照。”

视频通话结束以后，汤姆、巴德还有哈伦就严肃地讨论起这些最新情况。

“要是纳考有同伙怎么办？”巴德提出个假设。

“要是有。”汤姆说道，“他们会去接着完成纳考的使命。”

“我会在墙外加岗，二十四小时警戒。”哈伦做出保证。

汤姆完全赞成这一措施，可是他对于纳考这次任务的目的尚一无所知。纳考为何要强行进入公司？他来干什么？要回答这些问题，希望很渺茫，因为A国的情报部门也是在几天前才刚刚了解到这个叛乱组织的活动。瑟斯顿已要求汤姆等人将这个情报视为机密。

“我得接着干活了。”巴德和艾姆斯离开办公室之后，汤姆做出决定。他坐在画板前，开始构思一个能从太空接收“脑能量”的运载工具的草图。

汤姆在琢磨，若是给它安上合适的机械装置，这个大脑能否独立行动呢？再不然，他是否一定要通过电子计算机来帮它消化理解外来的信息或刺激，然后借助伺服控件来做出反应呢？

由于这个问题十分难解又非常复杂，汤姆完全察觉不到时间的流逝。他草拟出一个又一个方案，可又一一地否决放弃了。

突然，一个令人不安的念头让汤姆心烦意乱，再也无法聚精会神。说不定布朗加利亚反政府的科学家们现在已经研究明白，能够破译斯威夫特父子的那些太空朋友发来的无线电信息了。

如果真是这样的话，当大脑能量投向地球的时候，他们就会想办法让它转向，进入他们设好的接收装置！

第四章 又一次地震！

这个新的想法着实把汤姆吓了一跳。汤姆将画板推回墙槽里，冲到办公桌旁，打了好几个电话。

几分钟后，汤姆最信赖的五个同事在他的办公室集合完毕。最先到场的是巴德、哈伦，以及斯威夫特公司的交通主管乔治·迪林。接着，汉森和宽下巴的汉克·斯特林——斯威夫特公司的首席工程师和故障检修员也来了。

汉森身高1米9，是个大块头。小汤姆和老汤姆发明物的所有精致模型都出自他的手。他不仅是个能工巧匠，同斯威夫特公司所有的关键人物一样，也是一名训练有素的飞行员和宇航员。

“出什么事了，机长？”巴德问道。

“我看大家也不妨称这是一次军事会议。”汤姆答道。

他透露了自己的担忧和恐惧，布朗加利亚科学家有可能劫持“脑能量”，就是那些住在X星球，跟斯威夫特一家友好的不知名朋友们发送过来的大脑能量。

“巴德，你回想一下昨晚我妈妈是怎么说的来着，这种能量之强可能无与伦比。”汤姆接着说道，“那么，就假定说，咱们那些布朗加利亚敌人把它改装成机器人形式，再把它放出来对付咱们，或者对付咱们在其他各国的朋友。”

巴德惊恐地说：“哎呀天啊，在这种东西面前，一枚强大的火箭也会变得像个玩具一样不起眼！”

“即使最后发现大脑能量太小，无法用于搞破坏。”汤姆接着说道，“也许也可以证明它具有超级智能，聚集了太空人的所有科技诀窍，可被用来向布朗加利亚人揭示那些机密。”

“他们可以向它学习如何造出火力强大的武器或者飞船，并用它们来征服自由世界！”汤姆的话说完了。

一想到这些，听众们满面愁容。

“我敢说，这种危险可比他们弄出个机器人妖怪来严重得多。”哈伦评论道。

“说得太对了！”汉森附和着。

“我也是这么认为的。”汤姆回应道，“无论如何，咱们的责任就是确保大脑能量在咱们这儿着陆，绝不能让布朗加利亚人将它变轨。”

“你觉得他们的科学家有那么厉害的绝招？”乔治·迪林问道。

汤姆耸了耸肩，说：“在火箭制导和遥测领域，他们肯定遥遥领先。只是我们不知道而已。”

汉克·斯特林满怀希望地瞥了汤姆一眼，问道："有什么办法吗，机长？"

汤姆若有所思地用铅笔敲打着桌面，然后答道："也许，我们最好的办法就是首先竭尽全力找到他们正集中精力研究的方向。这也许就是突破口。"

经过充分讨论，决定由哈伦和乔治立刻飞往首都，同调查局和情报局再谈谈，看布朗加利亚科学家已经取得哪些成果。他俩的任务就是将所有的零星信息搜集到一起并加以整理。

"一旦掌握了全面情况，马上通知我们。"汤姆叮嘱道。

哈伦和乔治答应照办，随即散会。

由于确定了行动计划，汤姆稍感宽慰，接着又勾画他的草图。尽管在他的脑海中，问题和解决方案都还不甚明晰，但几个想法已开始成形。

为了远距离接收和传输信号，无线电天线是必不可少的。当大脑想行动时，斥力装置元件能让它用上力。汤姆发明这些装置，为的是产生斥力射线。这个原理他早已应用于天空飞行及太空航行。

万一大脑自身的能量太小，可能还需要一座发电厂为它额外发电。最后，一个附加的控制系统需要供大脑自身或者操控它的人员使用。

汤姆高效地工作了一个小时，对一幅草图比较满意。他正在推敲这幅图的时候，乔和巴德信步走了进来。汤姆向他俩讲解了草图，两人深为所动。

乔不停地盯着它看，一想到这个奇异的玩意儿“还能活”，眼睛瞪得老大。“这么说，这就是‘老式思考盒’，是不是？”他喃喃自语。

汤姆大笑，说：“这名字不错，乔！”

突然，墙上的对讲机响了，三人吓了一跳。说话的是工厂通讯中心的当班话务员。

“请打开电视，机长。”话务员提议，“我们刚收到新闻简报，梅德菲尔德出现震感。那儿有生产火箭头锥的一家工厂。电视台的机动摄制组正搭乘直升机火速赶往现场，准备用摄像机跟踪报道。”

“我的天哪！又地震了？”巴德喘起了粗气。

汤姆早已冲到视频电话旁，“咔嗒”一声将它打开，调到商业频道。很快，屏幕上出现了一幅全景画面，显然是从一架悬停的飞机上航拍到的，底下就是一家大型工厂。

一位电视评论员的画外音正播报着最新进展。“没有明显的地震迹象。”他说，“大家可以看到，火箭厂的员工和梅德菲尔德的当地人正在拼命疏散。幸好，大多数人已经撤离了这一地区。”

从航拍的画面中仍然可以看到几辆轿车和卡车在带状般的路上疾驰。

"嗷——嗷！"评论员的声音再度响起，"注意工厂顶上那高高的烟囱——看哪，它开始抖动！……它开始崩塌了！……就是这烟囱！"

突然，整个景象就好像是一场大爆炸。工厂的建筑群如同纸板搭的玩具房子一样在垮塌。而与此同时，地面裂开一道大口，巨型的石块和树木被连根拔起。

在汤姆办公室里看电视的三个人目瞪口呆，大惊失色。片刻过后，屏幕上的画面开始抖动扭曲，接着就完全消失了。

经过短暂的间歇，一位电视播音员现了身解释道："中继发射器一定已经遭到地震毁坏。现在我们为您播放预定的节目，不过一旦有最新消息我们会及时向您通报。"

汤姆关闭了电视。"好大的火球！"乔倒抽了一口气，"我真希望车里那些可怜的人都能平安逃离！"

汤姆跑向墙上的书架，抽出了一本地质学的书。他飞快地翻到一章，里面专门讲述已知的地震断裂带及地震分布情况。当他抬眼看着其他人时，脸色十分凝重。

"怎么啦，机长？"巴德紧张地问道。

"刚刚发生的地震。"汤姆答道，"跟费伯电子公司发生的地震一样，都是发生在了不该发生的区域！"

乔惊愕得下巴一裂，满脸滑稽相说："你的意思是说，养育我们的这片古老土地，地层深处正在四分五裂？"

"我要是知道就好了，乔！"汤姆焦急地在办公室里踱来踱去，“我就是觉得奇怪，竟然在这么短的时间内发生了两次可以摧毁重要国防工厂的地震！”

汤姆突然一阵冲动，抓起了电话。他拨通了调查局的电话，乔和巴德在一边听着。不一会儿，局里的一位朋友韦斯·诺里斯接起了电话。

“听着，韦斯。”汤姆说道，“是否有这种可能，刚刚发生在梅德菲尔德的地震，还有之前发生在费伯电子公司的地震，是地下氢弹爆炸引发的？”

“事实上，我们也正对这种可能性进行调查。”韦斯回答说，“换句话说，这就是蓄意破坏。梅德菲尔德消息一出，这里也是群情激愤，所以目前我无法说太多，汤姆。不过有一点我可以告诉你，”韦斯最后说，“我们的确正在调查，我的意思是，彻查！”

汤姆向巴德和乔通报了他与调查局探员的谈话内容，两人大为震惊。

“看我炖他个响尾蛇！”乔勃然大怒，“不管是什么悍匪流氓，只要被我发现他制造地震，就该像盗马贼一样吊死！”

“我赞成，乔。”汤姆说道，“但问题是怎么才能搞清楚是谁在搞破坏呢？”

工厂下班时间到了，巴德跟汤姆一起开车回家。当两个男孩讨论起面对的局势，斯威夫特夫人和桑迪都深感不安。

“汤姆，如果这一切都是人为的。”斯威夫特夫人指出，

"那咱们公司就是敌人的下一个目标！"

汤姆尽力去减轻母亲的恐惧，可他自己却忧心忡忡。任何大规模的阴谋破坏目标都必然包括斯威夫特公司，因为它是A国最勇于探险而且技术最为先进的研究中心。

母亲上楼回到自己的房间以后，汤姆提议跟巴德一起开车来到了最近的州警派出所，向斯威夫特一家的老朋友罗克所长吐露了自己的担忧。

"你是不是有要求要提呀？"罗克所长问道。

"能否在肖普顿附近地区展开搜索，看看有没有挖掘或其他地下活动的迹象。"汤姆说道，"如果有人要想搞地下爆炸，一定会有挖掘之类的活动。"

罗克所长仔细地考虑着汤姆的建议回复道："听起来工作量挺大。不过你说的恐怕有道理，汤姆。我们冒不起这个险，可不能让这儿再来个类似的大爆炸。"

"我们还得赶快行动。"巴德插了一嘴，"那两次地震中间只隔了一天！"

罗克所长抓起电话，吼叫着下达了命令。不到半小时，满满的几车警察就分布在通往肖普顿的边远路面上。消防队员以及斯莱特局长率领的镇上警察部队也奉命参加了行动。他们要搜查镇里的每一个地窖，寻找近期挖掘的迹象。

巴德乘了一辆警车，汤姆乘坐另一辆，对途经斯威夫特企业集团的公路沿线展开挨家挨户的搜索。

巴德和一名警察在一家破旧的房子前停下来，一个老头儿来到门口。

“你们两个家伙鬼鬼祟祟地找啥呢？”他问道。

“炸弹险情。”警察简洁地说道，“我们奉命搜查每家地窖的地下入口。”

老头儿嘟嘟囔囔地发着牢骚，让他们进了门。他跟在他们身后，走下一座摇摇晃晃的楼梯。不一会儿，巴德绊了一跤，大叫一声。警察一扭身，刚好看到巴德摔下去不见了踪影。

第五章 秘密地窖

就在警察用手电筒照向巴德失踪的地方时，一阵物体跌落水中发出的巨大声响传来！手电筒光刺破地窖的黑暗，地面现出一个圆洞，四周矮矮地砌着一圈砖。

“那是什么洞？”警察朝老头儿厉声问道。

“你看它像啥？”老头儿也大声地回答，“就是口旧井。”

“是口井！”警察一边冲下去一边喊道，“连个盖也没有？你想干什么？杀人吗？”

老头抽了抽鼻子回答说：“以前是盖着的，后来盖子丢了。也没想到会来一伙多管闲事的家伙下到这里乱翻一气！”

警察愤怒地嘀咕着，同时用手电筒往井里照。巴德正在井里扑腾，全身湿透了，他气不打一处来。

“拉我一把！”巴德朝上边大叫。

警察探下身去，却只能够到巴德的指尖。更糟糕的是，井的外面长满了苔藓，很滑很滑。

“拿绳子来。”警察命令老头儿。

“没有。”

警察涨红了脸，直起身子，足足1.88米高。“听着，先生，你叫什么名字？”

老头儿向后缩了缩，好像怀疑自己对警察耐心的考验是否有些过分了。“本·史密斯。”他嘟哝了一声。

“好的，本先生，你去找根绳子或别的东西把这个小伙子拽上来。要快！”警察说道。

本·史密斯一口吞下嚼烟，急匆匆离开去找绳子。大约过了一分钟，他拿来一根晾衣绳。警察将绳子放下井去，巴德很快攀了上来，活像一只落水的耗子，湿得透透的。

“对不起啦，孩子。”本抱歉地说道，“我想，我要是提醒你一声就好了。”

巴德友善地咯咯笑起来。“没事，”他说，“是我不小心，往下走的时候没仔细看。再说了，也不能因为对方不喜欢被人搜查就责怪人家吧。”

老头儿也咯咯地笑起来，小心翼翼地瞟了警察一眼。“我去拿条毛巾给你擦擦。”他告诉巴德。

与此同时，汤姆正与另外一名警察对路边的一处民宅进行调查。户主名叫皮特·拉蒂，是个大腹便便，胡子拉碴的单身汉，跟他17岁的侄子一起陪同汤姆他们到地下室。

借助吊在天棚的裸露灯泡，他们看见一个古老的壁炉和一大堆破烂，上面都落满了灰尘。但是汤姆注意到有个装东西的木箱好像最近被人挪动过。他走过去，开始将这个沉重的木箱往旁边推。

“你在干吗？”皮特没好气地问道。

“我想看看底下。”汤姆答道。转瞬之间，汤姆的眼睛瞪大了——他发现这显然是通往地窖的活门。

汤姆点头示意他的同伴过来，向他展示了这一发现。“这通向哪里？”警察转过身来，问皮特。

“就是存放东西的一个小地方。”皮特耸耸肩答道，“我觉得这个不值一提。你们最好别下去了，台阶不安全。”

“不管怎样我们都得看一眼。”警察说。

“那出了事你们自己兜着！”皮特气呼呼地说。

警察拉开了活门，汤姆手拿电筒往下照。下面的屋子大概3平方米，不深，四周是土墙。在一个很不结实的短梯脚旁，放着一大捆用防水油布包着的东西。

汤姆小心翼翼地踩着梯子走到底下，打开防水油布，看看里面都是些什么。

那些东西让他大吃一惊——竟然是一大批涂好润滑油的步枪和手枪！

汤姆一仰头，看到警察和皮特都正在俯身盯着他——警察吃惊地张大了嘴巴，皮特眉头紧锁，十分紧张。

“别碰！”拉蒂警告汤姆，“有的枪已经上膛了。我把它们藏在这儿就是为了安全起见，我和我侄儿弗雷德偶尔练练打靶。”

恰在此时，汤姆犀利的目光停在了插在枪支中间的一张纸条上。他拉出纸条，看到上面写着一个名字——萨姆森·纳考，汤姆激动得心脏怦怦直跳！

汤姆若无其事地大声读出这个名字，然后漫不经心地问道：“这是什么？一种枪的品牌吗？”

“啊，对对，正是。”皮特答道。

汤姆没再接茬，爬出了地窖。他弯下腰去关地窖门的时候，向警察飞快地打了个暗号。警察一把扭住了皮特。

“嘿！干吗要动粗？”皮特大叫。然后，当他意识到警察要给他戴上手铐时，他面如死灰，猛地从警察的手里挣脱出来，一个箭步冲向楼梯。事发突然，他的侄子瘫了一样，站在原地一动不动。

皮特的逃跑纯属徒劳。汤姆一个鱼跃将他扑倒在地。

皮特被戴上手铐之后，汤姆把他拉了起来。“也许你还不知道。”汤姆冷冷地说道，“你的朋友纳考已经被关起来了，你也就别装聋作哑啦，如实说吧？”

皮特不停地颤抖，脸色灰白。“我——我也不知道会惹上警察的麻烦呀，否则我是绝对不会干的。”他的嗓音颤抖得厉害，“纳考给了我钱让我帮他藏枪。我正缺钱，就答应了他。

事情从头到尾就是这样的。”

“你跟这个纳考认识多久了？”汤姆问道。

“我是几天前在一家餐馆遇到他的。相信我，我以前根本就没见过他。要是从未遇到他该有多好！”皮特恨恨地说道。

此人的话有几分可信。“好吧，警官，咱们把他收押吧。”汤姆说道。对着满脸惊愕的弗雷德，汤姆又补充一句：“我们对此很抱歉。”

两小时后，汤姆和巴德坐在了肖普顿警察总局斯莱特局长的办公室里。罗克所长和肖普顿的消防局长也在场。

“我们派了大批警察、侦探，还有火灾检察员，全都聚集到皮特的住处。”罗克所长做着汇报，“他们检查了房子、车库、后院的两个棚子，以及每一寸地皮，但未能发现有什么地方可以安放炸弹，能在肖普顿造成地下大爆炸。”

消防局长斯莱特点点头，表示肯定。“所以，这条线索价值不大了。”他说。

天色渐晚，其他各组也最终停止了对肖普顿地区的搜索，没有发现任何情况。“我要立刻通报调查局。”消防局长斯莱特说道。

不过他答应，他的人明天还会继续搜。

“即使我们没有新发现，找到了那批藏匿的枪支也值了。”斯莱特又说，“全国都该给你投票嘉奖，汤姆。敌方要是拿到那么一大批军火，会伤害多少人哪！”

“那是肯定的。”罗克所长十分赞同，“今天搜获的赃物真不少啊，汤姆。”

两个男孩开车回到斯威夫特家，很快地冲了个澡。巴德向汤姆借了身衣服，然后他们坐到餐桌旁，享用桑迪和斯威夫特夫人端来的重新热过但非常美味的晚餐。

他们一边吃一边听收音机里播放的音乐，还不时地解答着桑迪的问题。她急切地想知道搜索爆炸有什么进展。

突然，音乐被播音员的声音打断：“本节目到此中止，我们将播报重要新闻！”

第六章 布朗加利亚政变

汤姆、桑迪和巴德听播音员继续说下去：

“据本台刚刚收到的消息，布朗加利亚已被一伙叛乱分子接管。支持政变的武装人员正源源不断地从布朗加利亚的北方大省毛雷维亚蜂拥而来。布朗加利亚的首相、内阁及所有的王室要员都已逃离或者被捕。”

“忧心忡忡的A国国务院官员坦承，这次意外政变对自由世界的安全构成了新的威胁。本台收到新的消息将立即播报。”播音员结束了报道。

汤姆和巴德惊得目瞪口呆，好大一会儿说不出话来。桑迪瞪大了眼睛，她意识到这则消息给斯威夫特企业集团及整个A国都招来了麻烦。

“看起来情报局的那个人跟我们谈的情况还真不是开玩笑，对吧，汤姆？”最后巴德喃喃说道。

“比他预料的来得早！”汤姆说。

汤姆从桌边一跃而起，关上收音机，朝大厅里的电话跑去。几分钟后他拨了长途电话接通了调查局的韦斯·诺里斯。

“布朗加利亚政变后的时局真像新闻里播报的那么糟糕吗，韦斯？”汤姆问道。

“比那还糟！叛乱团伙其实是冲着我们来的，你是知道的，汤姆。”韦斯回答说。

“他们妒忌我们国家，上天入地也要盗取我们的科研秘密。这将引发像一场大瘟疫一样的破坏活动，还有各种其他形式的间谍活动！”韦斯继续说到。

汤姆牙关紧咬，表情严肃。接着他问韦斯，对于在皮特·拉蒂家地窖里起获的暗藏武器有何看法。

韦斯说他本人感到大惑不解。“这不合情理呀，汤姆。”这位调查局探员意味深长地说道，“如果我们的敌人企图用地震来摧毁肖普顿，那谁还需要枪呢？”

“我自己也没弄明白，韦斯——除非他们想等这里炸得乱七八糟以后实施袭击和抢劫。”汤姆推断着，“纳考怎么样？他开口了吗？”

韦斯回答说他没有亲自审讯纳考，可是别的警员刑讯了这名间谍，但什么信息也没问出来。

“不过另外有些情况可能你会感兴趣。”韦斯谈道，“我们现在得到情报，在哈尼斯和梅德菲尔德灾难发生的同时，地震仪记录到，在靠近阿留申群岛的海岸边发生着几次地震，并且在南美洲的西南海岸也有震感。”

这是个新的因素需要加以考虑！结束了与调查局探员的通话后，汤姆放下电话，眉头紧皱，陷入了困惑。

汤姆将电话内容向同伴们复述了一遍。巴德说：“你的意思是，关于氢弹的猜想不靠谱？”

汤姆耸耸肩说：“韦斯说他们尚未找到证据支持人造地下大爆炸的理论，它跟发生在遥远地区的地震相同。也太巧了吧，同一时间啊！”

“这么说，地震真的发生了？”桑迪插了一嘴。

“好像是这样。”汤姆承认，“韦斯提到的另外几起地震都发生在地震学家们熟知的环太平洋地震带上。这方面我不懂，也许它们会在地壳下面造成连锁反应，从而引发咱们这儿的两次地震。”

如果是这样，汤姆在想，费伯工厂和火箭头翼厂毁于地震，仅仅是大自然发了个脾气。但是尽管有地震学做出的解释，汤姆并没有被完全说服。一个疑团始终在他内心深处挥之不去。

第二天一早，汤姆匆匆赶到公司，走进四周是玻璃幕墙的私人实验室。他急于接着研究他的“容器”，或者说是机器人本体，就为着那颗来自太空的大脑。

汤姆研究着他前一天下午在办公室画的草图，皱了皱眉。

“这个设置毛病太多！”他喃喃自语着。

然而，汤姆肯定，基本思路还是对的。他抓起铅笔和计算尺，快速地完成着一张又一张的示意图和方程式。

“乔来啦！”一个雾角般的粗嗓门响起。乔·温克勒戴着一顶白色的厨师帽，推着午餐车进了实验室。

“啊——谢谢。”汤姆依旧忙着，几乎没有抬头。厨师乔将诱人的午餐摆在汤姆文件旁边的凳子上，有肉丁土豆、牛奶和深盘的苹果派。乔低声抱怨着，溜达着出去了。

汤姆边吃边干，一小时后完成了一套试验图纸。然后他打电话给汉克·斯特林和汉森，要他们到实验室来。

汤姆解释了最新的构想，他们听得兴致勃勃。

“当能量从太空到来的时候，这个还不知道行不行。”汤姆说道，“不过我感觉每一步跟踪下来还都不错。汉克，把这些企划全部制成蓝图，指派一个电子工业组来完成这项工程。硬件部分你最好亲自干。”

“好的。”汉克卷起了草图。

“还有，汉森。”汤姆接着说道，“我需要你们制作一个比例模型，好指导他们安装。需要多久能做好？”

汉森答应第二天内能完成模型，于是两人就离开了。

像平时一样，汉森被证明干得比他说得好。这位模型专家一旦专心致志地搞起模型制作来就跟汤姆一样，完全没有时间概念。下班时间早过了，他还在车间里忙活着。第二天一大早汤姆就来到了厂里，这时汉森把一个桌子大小的太空大脑机器人拿给他检查。

“好极啦，汉森！”汤姆赞赏道，“每次我看到你给新发明做的模型，我就确信它一定管用！”听到夸奖，汉森乐得咧开了嘴。

汤姆跳进一辆吉普车，飞速地开过厂区，将模型转交给汉克·斯特林和他的项目组。在那里，电子部件的局部组装已经在进行，那个外观奇特的“躯体”已经开始成形了。

那天下午保安主任哈伦和乔治从首都回来了。他们交给汤姆的报告证实了他的预感，反叛的布朗加利亚科学家极可能有能力让太空能量改变飞行方向。

第二天是星期五。汤姆期待“容器”能在周末之前完成。让他高兴的是，当天下午，公司的一辆敞篷小卡车停到了实验室外，汉克将那个外观奇特的装置滚动着推了进来。

“你好，小家伙！”汤姆跟它打招呼，“这个人是你爸吗？”

汉克咯咯地笑着说：“别看着我。他说你才是他爸。我可看不出有什么相像之处！”

“你觉得它能活起来吗？”汤姆说道。

“要是活不了。”汉克半开玩笑地说道，“把它鼓捣出来的小子们可就失望了。说真的，汤姆，这个玩意儿亏你能凭空想得出来！”

这个装置立起来与人齐肩高，有颗星形的头，一个尖端可以张开。大脑能量就装在这颗头里。它的上身成气缸状，镀着铬，闪闪发光，里面装有输出组件和控制器，大脑就靠这些组件进行反应。天线伸向两边，看着像手臂。

它的“腰”上缠着一串能够产生推力的斥力装置辐射器，它想移动时可以靠推挤附近的物体来完成。

在斥力装置下边有个沙漏形的动力装置，内含太阳能电池。

而动力装置则固定在煎饼形的运输单元上，它装有脚轮和履带，遇到障碍时这个人造玩意儿也可以行动自如。它体内还有个陀螺稳定器，使它保持直立状态。

汤姆检查着这个设备，心中感到自豪，还有些迫不及待。如能像他所希望的那样管用的话，有朝一日，这个奇异的家伙就会为地球上的科学家们提供关于X行星上智能生物的大量珍贵信息！

汉克·斯特林走后不久，巴德和乔进了实验室，他们发现汤姆仍在全神贯注地思考着什么。

“哇！这就是你的太空人？”巴德问道。

汤姆点点头，看到来访者们目瞪口呆，他咧开嘴巴笑了起来。他俩都在琢磨这个“东西”执行任务时会是什么样子。

汤姆解释了它的工作状态之后，乔发表了评论：“这个牛仔长得真怪！”

老牛仔乔突然心血来潮，摘下他那顶十加仑的大帽子，扣在了太空人的头上。接着他又解下圆点花纹的红围巾，像围脖一样系在那颗星形脑袋底下。

汤姆开怀大笑，巴德高喊：“骑上他们，太空人！”

汤姆急着要去通知他神秘的太空朋友，“容器”已经造好，可以接收大脑能量了。

巴德开上吉普，陪他一起到太空通讯实验室。乔却没走，痴迷地盯着那怪模怪样的机器人，瞧个不停。

乔前前后后地走动，用怀疑的目光从不同角度打量着这东西。“也不知道这家伙吃啥？”他自言自语着。

乔摸了摸衬衣口袋，掏出一块他最爱吃的泡泡糖。该不该喂它呢？“管他呢，试一下有什么关系。”乔做出了决定。

乔打开那颗“星头”上的铰接点，把泡泡糖塞了进去。没有任何反应，他有些失望。最后他觉得自己有点发傻，就取下帽子，解下围巾，迈着沉重的脚步气哼哼地走了。

其间，在太空通讯实验室里，汤姆正在电子大脑的键盘上敲着一条信息。这个设备也是汤姆的发明，可以将斯威夫特一家与太空朋友之间往来的通讯自动编码和解码。它连接着一台大功率的发送-接收器，而信息源自安装在通讯大楼楼顶的一台大型射电望远镜的天线。

巴德看见汤姆在打着：

汤姆·斯威夫特致意太空朋友。能量容器已就绪。是否应置于户外?

突然，汤姆又想到一个问题，让他感到担忧，于是加上一段:

通讯恐遭截获，敌对分子想盗取能量。建议你改变航道，降落在我们首次接触地点的正西3千米处。

“你所说的‘首次接触地点’是指降落在公司的那枚黑色飞行器吗？”巴德问道。

汤姆点点头。这时他提醒巴德，当时布朗加利亚人和他们的征服者们还没有听说斯威夫特家同另一颗行星间的通讯。这样他们就猜不出所指的地点是哪里，这就会粉碎他们绑架大脑能量的一切图谋。

“我懂了。”巴德说，“你太聪明了，伙计！”

两个男孩非常紧张地等候着来自外太空的回复。

第七章 水 墙!

过了好几分钟电子大脑的信号铃才响起来。汤姆和巴德一起冲向机器，它正在将接收的信息变成文字打印出来:

能量将到达你指定的地点。我们能够控制航向，但能量着陆后由你们负责。我们有二十一天取消对其控制，然后将其召回，带给我们关于你们世界的印象与数据。

传输结束，两个男孩激动不已，互相对视着。

“哇！”巴德低声叫道，“如果X星球是个和平的地方，来自X星球的大脑能量‘思考盒’来到地球上可要遭罪了！”

汤姆一想到乔给机器人生物起的绰号，笑了一下。接着他严肃起来，他知道巴德讲得一点没错。在这个地球上一些国家强加给别国深重的苦难和战争威胁，太空来客会把这些不好的印象带回去。也许有一天，汤姆想，情况会大不一样。

同时，汤姆还意识到，他还要承担起一个艰难的职责。在大脑能量逗留期间，他不仅要最大限度地把它用好，还要防止它落入奸诈的布朗加利亚阴谋分子之手。

汤姆的思路突然被女孩子的说话声打断了。桑迪和菲利斯站在了太空通讯实验室的门口。

“咱们谈谈博学的思想家吧！”桑迪打趣地说。

“天哪，没想到我们竟然打断了智囊团会议。”菲利斯添油加醋，褐色的眼睛里闪着几分淘气，“我看咱们还是走吧，桑迪！”

“喂，站住，你们俩！”巴德叫道，“汤姆，你觉得这两位是我们在等待的天外来客吗？”

“嗯，说得好！”桑迪撅起了嘴巴，“我们俩像一对小矮人吗”？

汤姆咯咯咯地笑，逮住机会也幽默一下。“我看就是你那个尖脑袋把我们糊弄了，妹妹。”说完，两个女孩笑岔了气，汤姆问道，“你俩为何突然造访？”

桑迪和菲利斯解释说，她们是来邀请男孩子们第二天到卡罗帕湖上乘游艇吃野餐的。

“趁着我们俩都在这，而且反正现在也到下班时间了。”桑迪接着说道，“你俩干脆开车带我们找个地方吃晚饭好了。”

“我猜咱俩中她们计了，巴德。”汤姆龇牙一笑，“好吧，就这么说定了。不过，先让你们看样东西。”他把女孩们领到他的实验室，让她们看看太空人。

“它太妙了！”桑迪欢呼起来，菲利斯也赞同。

第二天一大早，巴德用他那辆番茄红敞篷车接上汤姆和桑迪，然后又开到牛顿家接上菲利斯。两个女孩都为当天的游艇之行带上了野餐篮。

“嗯，看起来今天能大快朵颐了。”巴德开着玩笑，“你们都带了什么好吃的呀，女孩们？”

“鸡肉和火腿三明治……”桑迪首先说道。

“泡菜、橄榄菜、煮鸡蛋、土豆色拉……”菲利斯接着说道。

“巧克力饼、牛奶……”桑迪拿出清单。

“打住！再说下去我们都快变成饿狼啦！”汤姆警告道。

“可不是嘛！”巴德附和着，“快点儿！咱们把游艇开起来！”

他们四人一行把车开到卡罗帕湖边肖普顿游艇俱乐部。他们登上太阳黑子号，这是一艘装有豪华引擎，9米长的漂亮的双桅帆船。斯威夫特先生和牛顿先生早就买下了这艘游船，为的是两家人一起到水上度假，已经承诺了多次，至今却尚未成行。

船体的两侧都装有引力空间稳定器，即使在狂怒的海面劈波斩浪，船也相当平稳。它是由汤姆为自己的“太空风筝”和宇宙航船发明的一种设备改装而成。

“啊，这天气太适合游艇出行了！”菲利斯喊道，她热情洋溢，容光焕发。

天空湛蓝，万里无云。在夏日的骄阳下，一阵微风拂过湖面，泛起白色浪花。四人赶紧解缆放船，升起满帆，不久船就快速驶向湖心。

汤姆和巴德都在休闲裤里穿了泳裤。不巧的是，两位女生都忘了带游泳衣。当太阳黑子号驶到湖心，两个男孩顶风停船，脱下外裤，一跃跳入水中。这时，两个女生在甲板上享受起日光浴。很快，到野餐时间了。四个年轻人胃口大开，吃得津津有味。

“哎呀！”桑迪傻笑了一声，偷偷对菲利斯说，“像这样暴吃完一顿，咱们就得减肥了！”

“可别这么说。”菲利斯提醒她，“不然的话，汤姆和巴德以后就会以此为借口再也不带咱们出——”

她话没说完就倒吸了一口气。

“怎么啦？”汤姆问道。

菲利斯吓得喘不出气来，向右舷指了指。其他人脸色全白了。一排巨浪扫过湖面，直向游艇扑来。

“水柱在跳跃！”巴德吓得倒抽一口凉气，“好像是海啸！”

那排巨浪之前的涌浪已经拱得游艇摇摇晃晃。

“快！”汤姆大叫，“穿好救生衣，我要发动引擎了！”

四个人飞快地行动起来。令人惊恐的大浪分分秒秒都在逼近！现在它已成了一堵3米多高的巨大水墙！

汤姆和大家刚刚套上救生衣，发动机也刚刚打着了火，灾难就降临了。巨浪横扫太阳黑子号，像扔一个塑料玩具一样将它斜着抛进远处的波谷。紧接着一股迅猛的激流瀑布般地倾泻在甲板上！

“我们在下沉！”菲利斯发出惊叫。

四个人都被拍下甲板掉进了漩涡！主桅受到大浪的猛烈拍击已经弯曲，“嘎吱嘎吱”作响。过了一会儿，“啪”的一声，主桅折断，紧连着一点儿木茬，摇晃了几下就倒进水里。它倒下的时候擦到了桑迪的头部！

“桑迪！”在湍急的漩涡中挣扎着的巴德惊恐地大叫。

他使尽全身力气，拼命划臂，向桑迪游去。桑迪头晕目眩，浑身乏力。巴德用粗壮的胳膊紧紧地搂住她，开始奋力地游向湖岸。汤姆和菲利斯都各自在激流中挣扎，目睹着这次救援，只能低声地做个感恩祈祷。

当巨浪向岸边冲去，湖水倒渐渐平静了许多。汤姆已能协助菲利斯，而桑迪此时也已恢复了身体机能。

太阳黑子号已经侧翻，但远远望去依然可见，仍在漂浮。与其游回去，攀住破船，期望能有救援船只到达，四人决定还是游向岸边。他们知道海啸的后果，一小时后岸边的一切设施将全部被毁。

快速游到岸边时，四个年轻人可以看到其他的船只残骸和人头在水中摆动。最后，有几个胆大的人驾上摩托艇和皮划艇，去

N SPOT.

搭救幸存者。

离岸边还剩一百米时，一条船开来，将汤姆一行几人送上了岸。几分钟后，他们踉踉跄跄地走上码头。

“你还好吧，桑迪？”巴德问道，胳膊依旧搂着她。

“我——我还行吧。”她虚弱得张口喘气，“半个湖的水都叫我吞掉了！”

“别紧张，妹妹！”汤姆劝慰道。桑迪还没从刚才这场磨难中缓过来，走路摇摇晃晃，抖个不停。

汤姆将桑迪轻轻地放倒躺下，头下枕着那位好心的船夫送的一块油布。菲利斯虽然脸色苍白，非常憔悴，状态还稍微好一点儿。

“汤姆，咱们得尽快把两个女孩送回家去。”巴德果断地说道。

但这并不是一件容易事。海啸在整个沿岸地带造成了巨大破坏。很多船坞已被摧毁，船只被劈成细木条，像火柴杆，而水边的建筑都被击得粉碎。

巴德的敞篷车停放在游艇俱乐部的码头附近。当汤姆一行来到车前，发现它已经完全进水了，电子系统也坏了，连一个弱小的火花也打不出来。

“哎，这下子可好了！”巴德十分痛苦，“真是雪上加霜！”

最终，救护车和私家车开始陆续抵达，拉走伤员。汤姆、巴德和两个女孩一起搭车来到了斯威夫特家。忧心如焚的斯威夫特夫人立即把桑迪和菲利斯安顿到床上。

汤姆在楼下打开电视机。当地电视台的一个移动摄制组正在扫拍滨水区，采访着这场灾害的目击者。对于这两个男孩来说，最让他们感兴趣的是一位播音员的陈述："肖普顿感受到了一次轻微地震，但是除了滨水地带，其他地方并没有造成什么破坏。"

汤姆气得哼了一声，从座椅上一跃而起，开始在起居室里来回踱着步。"巴德，我敢肯定，那堵水墙就是一场小地震造成的！"汤姆断言，"不仅如此，我还敢肯定，那是人为的！"

巴德两眼直勾勾地盯着他的朋友，既感到惊恐，又义愤填膺，说道："假如真像你说的那样，伙计，这可是我所听到过的最为残忍的破坏活动！想想有多少人的生命受到威胁！"

汤姆冷峻地点点头说道："我的确正在想这件事！"

突然，播音员的声音插进了电视节目中。两个男孩猛地转过身去，电视里正在播报："简讯！在距肖普顿150千米的A国档案基金会总部刚刚发生强烈地震。几栋收藏着大量珍贵的政府文件和科学文献的基金会大楼受损严重，一个地下微缩胶片保险库完全毁坏。显然，这次地震是肖普顿地震的一部分。"

几分钟后，斯威夫特家里电话铃声响个不停。打电话的有些是朋友，其余的是陌生人。很多电话是通过公司的交换台转过来的。

有一通来自《肖普顿晚报》的丹·帕金斯。“你有什么见解，汤姆？”丹询问道，“我想现在你该知道，公众群情激奋。短时间内经过这么多次地震，人们十分惊慌。他们都想了解一个问题：那就是你，汤姆·斯威夫特，会不会去想办法阻止这样的破坏？”

汤姆气得牙关紧咬。“会的，我会！”他厉声说道，“你可以引述我的话！”

第八章 嫌犯招了

第二天天刚亮，汤姆就起床了。他暗下决心，一定要想出法子化解地震造成的威胁。他匆忙吃了口早点，就驱车来到公司，进了自己的实验室。

他命令交换台接线员，外来的电话一律不接，然后就潜心研究起那个神秘难解的问题来。

汤姆清楚，地震活动一般呈环形分布，就像围绕地球的带子。这些地震带往往是可见的，就像沿着地表的断裂或爆裂，称为断层线。毫无疑问，汤姆想，还有很多断层线在地图上尚未标明。

敌方科学家会不会利用地球这些断层来制造人为地震呢？带着这个令人不安的念头，汤姆陷入了沉思。

“如果我必须为保卫国家而承担这样一项任务的话，我该如何独力解决这一难题呢？”汤姆冥思苦想。

忽然，一个想法渐渐地在他脑海里形成，他感到越来越激动。

会不会是人造冲击波?

一小时后巴德·巴克利走进实验室，发现汤姆正俯身研究着工作台上凌乱堆放的一摞参考书。

“鼓捣什么呢，汤姆? ”巴德问道。

汤姆抬起头，两眼放光说：“巴德，我感觉已经找到答案了！”

他从凳子上站起身，在实验室里踱来踱去，说：“我们设想一下，参与叛乱的布朗加利亚科学家发明了某种冲击波发生器，这种设备可以通过地壳或者下面的地幔传导强震。”

“好吧，假设果真如此。”巴德回应道。

汤姆抓起一支粉笔，在黑板上快速地画了几张示意图，说：“就这儿，哥们儿。咱们假定，他们在全世界建造了两个或三个专门定向发射那种冲击波的工作站。只要冲击波遇到断层或者与另一股冲击波相交——轰隆隆！地震就发生了！”

巴德瞪大了眼睛不可置信道：“别开玩笑，这群该死的家伙真是这样引发了这几场地震? ”

“一定是。”汤姆断言，“这是唯一可能的解释。”

“天哪！”巴德无力地喘气，“多么厉害的武器啊！只要时不时地按一下电钮就能把另一个国家一点一点地炸掉，而且没人能证明是谁干的！”

汤姆点点头。“这足以叫知道真相的所有A国人发抖！”

“那咱们怎么办？”巴德问道。

汤姆又发愁地踱起步来，说：“我必须发明一台冲击波偏导仪，巴德，而且还得抓紧时间。我们的对手可能正着手摧毁我国一个又一个城市以及重要的国防工厂！”

汤姆立即拨打了一位杰出科学家的电话，他是国防研究委员会的成员。他飞快地讲述了他的计划的梗概。

“汤姆，我马上跟总统的特别科学顾问谈谈。”那人回答说，“明天上午十点钟我会在你们公司召开一次会议。”

汤姆松了口气，同巴德离开了工厂。两人开上车，跟斯威夫特夫人和桑迪一起去教堂。

吃过星期日午餐后，汤姆又回到实验室，构思冲击波偏导仪。

与此同时，巴德和桑迪驱车到肖普顿游艇俱乐部，检查太阳黑子号的受损情况。汤姆早已安排了打捞队，将这艘受损的双桅船拖回滑道。

星期一上午，一架造型优美的空军喷气运输机降落在斯威夫特企业集团。机上搭载的都是A国政府的顶级科学家。汤姆和巴德在跑道处迎接他们下机，并开车将他们领到公司主楼的会议室。

“我不得不说，你那关于人造冲击波引发地震的理论是对的，汤姆。”说话的是伯恩特·阿尔格伦，“可是咱们如何阻止它们呢？”

“我相信它们会被迎面而来的冲击波阻截掉。”汤姆回答说，“前提是假定我能设计出所需的设备来达到这一效果，而且咱们还可以建立一套预警系统，及时报告敌方发出来的冲击波。”汤姆把他想好的冲击波偏导仪勾绘出来，政府的专家们大为敬佩。接下来的会议，来访的科学家们提出了许多想法和建议，汤姆心怀感激地记录了下来。

经过充分讨论，会议决定，由国防部向全国五十个检查站派遣侦探。汤姆来选择准确地点。检测数据全部输入一台电子计算机，只要敌方的冲击波一出现，这台计算机就开始建立模型。

来自矿务局的地震学家格雷格·迈尔斯博士同意承担起设立检查站的任务。

散会的时候，汤姆满怀感激地微笑着说道：“感谢诸位提供的快速合作！”

“我们该感谢你呀，汤姆，能想出办法来对付如此凶恶的敌人。”伯恩特回答说。大家都由衷地赞同。

午饭后不久，汤姆正在实验室刻苦工作，肖普顿警察总部的斯莱特局长打来电话。

“汤姆，你赶紧过来。”斯莱特说，“萨姆森·纳考要招供！”

汤姆已经迫不及待，说：“好的，局长！”

汤姆一边开往肖普顿，一边琢磨，这个布朗加利亚特务会招些什么呢？他是否可能把造成人为地震大破坏背后的秘密全盘抖出来呢？

斯莱特局长正等在他办公室里。“今天上午纳考有崩溃迹象。”斯莱特告诉汤姆，“于是我通知了情报局。他们派了个人正朝这里赶过来——实际上现在他也该到了。他要是不来纳考拒绝开口。”

“怎么会这样呢？”汤姆问道。

“纳考提出了交换条件。”斯莱特解释说，“如果政府能承诺将他不经审讯就立即将他驱逐出境，他就全交代。”

汤姆说道：“想想他回到布朗加利亚，我可绝对不想处在他那种境地！他的老板可不是傻瓜。他们明白，他肯定做了什么交易才能全身而退！”

这时，一部计程车从机场开来，停在了警察局的门外，情报局的官员被领进了斯莱特的办公室，来的原来是约翰·瑟斯顿。

“纳考在监牢里等着呢。”握手后，斯莱特说道，“希望他还没变卦。”

监牢门锁打开，纳考从简易床上一跃而起。

“你是政府派来的？”纳考问约翰，“好吧，我想警察已经把我开出的条件跟你讲了。能成交吗？”

约翰面无表情。“你知道犯间谍罪怎么惩处？”他厉声说道，“在你们国家那就是死刑，我们为什么要放走你？”

纳考的冷静一下子消失了。大滴的汗珠从他额头滚下。

“我没造成破坏，对我上司的计划几乎一无所知！”纳考激动地说，“我为什么要赌上自己的性命来骗你们？说到底，我只不过是个不起眼的小特务。不过我确实知道一件重要的事——要是你答应将我立即驱逐出境，我就告诉你！”

约翰冷冷地看了他一眼。“那好。”他拍了板，“我说话算数。”

纳考一屁股坐在床上，喘着粗气，然后他抬头看着三个A国人。

“你们国家的首都将被炸掉！”这位布朗加利亚特务很肯定地说。

他的话就像一颗炮弹。斯莱特局长和约翰·瑟斯顿盯着纳考，惊愕得张开了嘴巴。

接着斯莱特转惊为怒说道：“多么荒唐可笑的故事！我猜他们会开着飞机过来扔一颗原子弹——就是这样！”

约翰也倾向于怀疑纳考的话。他断言，如果布朗加利亚人做出这样大胆的举动，就等于是战争行为。

“这是真的！”纳考大喊，“别忘了——你答应过的。”

汤姆·斯威夫特可跟斯莱特局长和约翰两人不一样，纳考的供词让他不寒而栗。他把两人叫到一边，轻声地把他跟政府科学家们一起讨论的理论问题向他俩很快地做了个简短通报，并要求他俩保密。

如果布朗加利亚人确实掌握了发射人造冲击波的技术，汤姆指出，那他们就能轻而易举地摧毁我国首都，而自己又不冒任何风险。

约翰和斯莱特局长都警醒了。回到纳考那儿，他们逼问他还有什么线索。

不过很显然，这个布朗加利亚人所知道的都讲了——或者说，他想吐露的他都说了。

“咱们是在浪费时间。”最后约翰带着厌恶的神情说，“不过我已经以A国政府的名义做出了承诺，我必须遵守这个承诺。”

约翰转向斯莱特局长，又说道：“把他移交给调查局，让他们把他带到X城。我会在飞往布朗加利亚的航班上给他安排一个座位。”

汤姆心事重重地开车回公司。巴德正在实验室里等消息。

“你爸爸去了费林岛，他还到过你的太空前哨站。”巴德汇报着，“他要为承接的政府项目做些实验。”

这个太空站是汤姆在距地球35800千米的太空建造的工作站。它是个专门生产斯威夫特企业集团著名的太阳能电池的工厂，也是进行太空研究和勘探的一个极其宝贵的设施。

“我想我应当用无线电联系爸爸，告诉他最近发生的事情。”汤姆做出决定，“也许他能提出些很好的建议。他总有好的建议！”

汤姆预热好他的私人收发机后，用自动扰码器发出编码呼叫。

几秒钟后，扬声器里传来回复的“噼啪”声。

然而，刚刚听到太空站接线员的声音，无线电收发机就在汤姆的面前爆炸了！

第九章 洞穴妖魔

“汤姆！”巴德惊呼，汤姆手捂着脸，一步步后退着。

“我很好，没什么大碍。”汤姆向他的朋友保证。

然而，这两个男孩都有点被这个意外吓到了。巴德清理完那些无线电碎片，检查汤姆的脸，这时乔冲了进来。

“哎呀，我的飞行烙饼啊，这是发生了什么啊？”乔问道。他拿着放果汁的托盘，在来实验室的途中，听见了爆炸声。

“无线电在我的面前爆炸了，万幸的是这个设备大部分都装了印制电路的晶体管。不然的话。”他又说道，“我可能会被炸开的真空管玻璃碎片伤得更严重。”

其实，只有一个外壳碎片轻微擦伤了汤姆的太阳穴，造成了瘀青。巴德从急救箱中拿出消毒药水，为汤姆擦拭伤口，乔则倒好了葡萄汁。

“汤姆，这是怎么引起的？”在他们喝果汁的间隙，巴德问。

“问得好。”汤姆答道，“说实话，我并不知道。”但是他想知道那个设备是否已经损坏了。

汤姆仍然很想和爸爸联系，随后他给电子部打电话，让他们再送一套设备到他的实验室来。新设备刚送来，乔就离开了。

汤姆快速把设备装好，戴上护目镜，调到太空站的频率。然后他拿起电话，并从设备边后退了一步，同时挥手示意巴德离开那片区域。

“汤姆·斯威夫特呼叫前哨站！……请接收！”汤姆说道。

不一会儿，又传来了一次爆炸声！新的设备又爆炸了！

“我的天啊！”巴德惊呼，“别告诉我这只是巧合。”

汤姆耸了耸肩。“每一个设备在离开电子部之前都经过检查，因此我们可以很肯定地排除设备自己坏掉的可能性了。”

“那我们该怎么办呢？”巴德问道。

汤姆摘下护目镜，焦虑地摇了摇头说道：“这两次爆炸似乎都发生在刚要通过太空站回复的时候。他们的信号又不可能那么强——换句话说，爆炸是因为接收线路超负荷。”

“你的意思是有敌人拦截了信息，并且发送了多种射线才导致爆炸的吗？”巴德问道。

汤姆的表情已清楚地说明，巴德已经说中了这位年轻发明家的疑虑。“有可能。”汤姆说道。

巴德对最近事态的发展很担心说道：“汤姆，如果我飞到太空轮，把这件事和你爸爸说清楚，他或许可以帮助我们监控敌人的举动。”

“伙计，这真是个好主意。”汤姆赞同意地说道，“要我说，越快越好。”

两人快速握了握手，又友好地拍了拍肩膀。然后巴德匆忙来到了企业集团其中一个飞机库前，准备一架飞去费林岛的直升机。该岛是斯威夫特家的火箭基地，在大西洋沿岸附近。在那里，巴德会登上定期往返于太空站和费林岛之间的一艘火箭。

与此同时，汤姆重新投入了研发冲击波偏导仪的工作中。

第二天上午十点，汤姆给汉克·斯特林打了个电话，让他看了一套完整的图纸。

“汉克，脑容器你完成得很快。”汤姆很抱歉地说，“但是这个装置还是得让你多耗神！”

汉克咧嘴笑了。“我就是行动派。嘿，它到底叫什么名呢？”他问道。

“昨晚乔告诉我这个小部件看起来像是玫瑰花棚下面的消防栓，他建议我应该叫它‘消防栓玫瑰’！但我给他起了一个更恰当的名字——地震神器，这个名字可以说明它是一个地下地震波偏导仪。”汤姆回道。

汤姆简单地解释了他这项最新发明中用到的各种各样的零部件，包括嵌入地面消防栓大小的气缸，这个气缸顶部附近有电磁线圈，另外，在这个气缸上还有一个更小的液压气缸，上面用电线接着金属边框和无线电发射器。

“这个装置会探测到来自敌方的冲击波。”汤姆说，“我们需要50台，所以把这个工作转交给斯威夫特工程公司，让奈德叔叔安排人加班。”

奈德·牛顿管理的斯威夫特工程公司是一个大量生产汤姆父子俩发明的商业机构。

汤姆继续说，由探测发射器提供的信息将会传送到矿务局的电子计算机中。

地震神器安装在一个巨大的立方体铸件中，铸件顶端有两个大圆球。仪器四面的每一面都有一个凸出的液压活塞。

“它怎么运作呢，汤姆？”汉克问道。

“上面的球是双重控制的。”汤姆解释道，“它会以无线电信号的方式接收经由矿务局的电子计算机计算后的脉冲频率。”

他又补充说，每个球里面都有一个“脉冲制造仪”。球体通过影响液体原子的动能，就会给液压机液体带来压力变化。

这种压力的改变随即会在四个液压输出传感器中被极大地放大。当这个装置嵌入地下岩石中时，巨大的活塞会发送出计数电震计，并通过地壳来抵消敌人的波动。

“哇！”汉克·斯特林听着汤姆描述着最新发明，屏气凝神，“我会马上全力投入工作的。”

在昼夜不停地48小时工作后，设备准备好了。汤姆打电话和矿务局的迈尔博士及国防部的伯恩特·阿尔格伦进行商议。他已经选好了探测发射器的检测点。

汤姆告诉他们，他相信地震神器防护区应该是在落霞山脉，在那里选择一个地下洞穴将会是最合适的。

“我们只有尽量接近圣安德烈亚斯断层，才能阻止一场真正超大规模的灾难。”汤姆解释道，“落霞山脉的结构对于大陆任何位置发射出的冲击波都是一个很好的基岩培养基。”

迈尔斯博士和伯恩特都很赞成。汤姆和这两位科学家用一台三路电话连线通话——用一台自动扰频器计算来自敌方的监视——以此来制定计划、安装设备。伯恩特同意派一名科技人员去汤姆指定的地方。

第二天，汤姆、汉克和包括阿特·威尔特萨在内的企业集团的几位顶级工程师乘“蓝天女王”启程。“蓝天女王”是汤姆发明的原子能驱动的大型飞行实验室。大飞船以超音速飞行，装载了用于垂直升空或盘旋飞行的喷气推举器。

还有一架装载着通信设备的直升机“旋转小鸭”也和蓝天女王同飞。一个多小时之后，两架飞行器降落在了崎岖不平的落霞山脉。政府的技术人员已经在那里准备就绪。

“很高兴认识你。”汤姆和工程师主管握了握手说。他介绍了他自己带来的人员，又说道，“准备好撸起袖子大干一场吧，这个工作需要足够的精力！”

地震神器的零件已经从“蓝天女王”运到牵拉车上。然后这一队人带好了巡夜灯、手电筒和对讲机，用牵拉车装着零件进入了洞穴。

“好了，现在我们选定埋藏设备的地点吧。”汤姆说。

这一队人还没开始查看巨大的地下室，一声可怕的巨响就响彻了整个洞穴。每个人都慌乱地跑起来，接着又惊恐地僵住了。

一只体型硕大的熊在洞口暴跳起来！这只巨兽咆哮着，在刺眼的光中眨着它那双黄色的眼睛。

“我们困在里边了！”汉克大喊。

这只巨熊正左右摇晃着硕大的脑袋，好像在挑衅入侵者走上前来，一决高下。

几个政府人员带着步枪和霰弹猎枪，但尽管他们身陷险境，也没有人想向那个酷炫的大家伙开枪。

“我会发送SOS紧急求救信号。”汤姆说，“如果在熊袭击我们之前救援到了，我们就不要开枪。”

他用无线电给当地的护林员发送了求救消息。巨熊随时都可能冲上来，众人焦急不安地等待着，突然两名突击队员现身，用网捕捉住了这只熊。一个政府的工作人员急忙做了一个结实的木兽笼。这只愤怒的巨兽被运上了直升机，送到离洞穴较远的地方。

终于，安装地震神器这项繁重的工作开始了。首先，他们清理了洞穴里的残骸、蝙蝠和一些小生物，然后在洞穴的地面上做了选址标记。汤姆带来了他的一个新发明，是一个原子地球冲击炮的小模型，原型是在南极用来钻取铁的。

有了爆破器，汤姆很快就在基岩上钻出了和仪器同等大小的坑。随后地震神器组装到了一起，便携式起重机把它降了下来。发电站和无线电天线也已经设置好，并且安装完毕。

“我现在必须回肖普顿。”汤姆对政府工程师们说，“阿特会留在这，协助你们操作这套装置。如果出了任何差池，就通知斯威夫特企业集团。”

“蓝天女王”和“旋转小鸭”很快就穿过大陆回来了。汤姆在企业集团着陆时，巴德前来欢迎，他是开着吉普车快速赶到机场的。

“大约一小时之前我刚从太空轮回来。”巴德说，“汤姆，你爸爸真的很担心那些会爆炸的无线电装置。虽然他没有发现什么端倪，但是他很肯定这一切与那些为布朗加利亚叛乱者效力的科学家绝对脱不了干系。他认为他们是想通过远程遥控摧毁斯威夫特企业集团的所有通信系统。”

听着这一番话，汤姆的表情严肃了起来。两个男孩驶向主楼斯威夫特办公室的途中，他们讨论起了这个问题。

“哎，我当然希望能想出应对策略。”汤姆一下子坐在了椅子上，疲惫地说。

“你爸爸说不妨试试老式学院派的做法。”巴德说，“他还说他会在两天后回来帮你解决这个问题。”

汤姆扫了一眼日历，说：“我突然想起来周一的时候脑能量就会从太空到这儿来了！”

汤姆头脑里的这个想法使他既兴奋，又夹杂着担忧。他设计的脑容器真的合适吗?

“嘿！可视电话有人呼叫！”巴德指向了控制面板上闪烁的红灯。他跳了起来，打开了设备。

播音员布莱克出现在了屏幕上。

“汤姆，不好了！”他语带不祥地说道，“刚刚在首都这里感觉到了震感，震中在河边的一个造船厂里，造成了很严重的破坏！”

第十章 来自X星球的能量

汤姆和巴德不安地听着布莱克汇报所有他能够拼凑在一起的细节。

“巴德，是我发明的地震神器失败了吗？”汤姆喃喃自语道，布莱克话音刚落，汤姆就沮丧地垂下头来，“一定是的！”

“别傻了！赶紧振作起来！”巴德用胳膊肘撞了撞他，希望他能够打起精神来，“你听到布莱克刚才所说的了，城市本身并没怎么受损。没有你的装置，所有的人都可能会受伤甚至丢掉性命，所有政府的建筑都会被摧毁，甚至包括总统府。你的冲击波偏导仪至少有九成肯定起作用了！”

听了巴德的话，汤姆的心情稍微好了些。他拿起电话，打给了在矿务局的迈尔斯博士。将近半个小时，电话才接通。但是汤姆听到迈尔斯博士高声说出的话时，感觉所有等待都很值得。

“汤姆，地震神器安装得太及时了！它把我们从一次很有可能爆发的民族性灾难中解救出来了！”

汤姆觉得很骄傲，也如释重负。“谢谢你，迈尔斯。但是造船厂的毁坏是什么情况呢？”他仍然没有完全信服，补充说道。

“那边破坏很严重，汤姆。”迈尔斯博士承认道，“探测器显示，突发停电时，冲击波几乎都抵消了。最后，过重的负荷导致地震神器的动力装置短路。虽然工作人员很好地处理了故障，但所受破坏已成定局了。”

听到这个不幸的意外之后，汤姆有些退缩了，但还是很庆幸结果不算太糟。

迈尔斯接着说，他刚刚已经和国防部的伯恩特商议过了，现在防御部门很害怕其他大城市可能会受到攻击，所以很想让汤姆尽快给他们送几台探测仪过去，这些探测仪会安装在国家周边的战略点上。

“政府首脑对你的发明印象很深刻，汤姆。”迈尔斯博士补充道，“在另外那些装置送到之前，他们可能会一直紧张焦虑地踱来踱去。”

汤姆一阵窃喜，又严肃起来。“告诉他们我们会立刻投入工作。”他随即回复了迈尔斯，“我会尽快准备好新的地震神器，但你得告诉你的同事这需要花上几天。”

谈话结束，汤姆就给斯威夫特工程公司的奈德·牛顿打了电话。虽然他并不是斯威夫特家的亲戚，但是汤姆和桑迪从小就叫他“奈德叔叔”。

“怎么了，汤姆？”奈德问道。

汤姆跟他说了A国政府方面的最新请求，然后请他再设置一轮三班倒工作制来完成另外一台地震神器。

“如果你不介意晚餐迟到的话，我和汉克马上把设计图带过去。”汤姆说。

奈德·牛顿很乐意地答应了，他高兴得都已经顾不上理会地震的威胁了。那天已经晚上八点了，这个项目还在全速进行着，斯威夫特工程公司人员夜以继日地忙碌着。

周末快过完时，斯威夫特先生从空间站赶了回来，汤姆飞往费林岛去见他。一回到企业集团，他们就说起了无线电风波。

“爸爸，我觉得解决方案一直就在我们面前，但是我们太紧张了，还没有想到。”汤姆说，“还记得杰克的电波干扰发生器吗？”

他提到的这个设备是汤姆和他爸爸的一位对手近期用过的。斯威夫特先生的眼睛中很快闪过一丝了然的神情。

“爸爸，你曾经以备忘录的方式为政府写过一篇关于对抗发生器若干方法的报道。”汤姆继续说，“或许在这种情况下同样的方法也会有用。”

斯威夫特父子发现他们的敌人一直在拦截汤姆的信息，来获取斯威夫特家接收器的特定频率。然后他们用这种频率发射信号，再用当地振荡器的频率进行调制。这会导致变压器中的能量不断累积，以致爆炸。

斯威夫特先生说："儿子，你说得对。我们可以嵌入一个能起作用的拦截滤波器。"

父子俩从这个问题中松了口气，便一心期待着太空脑能量准时到达。如果按收到第一条消息的时间算起，准确的两周后正是今天中午十二点半。

那个勘测点是在距企业集团3千米外一个偏僻的山坡上，那里有生长在高处的大树来遮蔽勘测点，而且灌木丛生，这些植物使得区域的总体轮廓不是很清晰。周末，汤姆从企业集团找来木匠在山脚下建起了一座小木屋。

快到十二点半的时候，汤姆、巴德、斯威夫特先生、汉克·斯特林、亚弗·汉森和斯威夫特公司的几位机械师带着放置星形头脑的容器站在现场。乔央求着也跟过来了。

"我就是想看看'老思考盒'活起来！"他说。

距到达时间越来越近，人们一会儿看看手表，一会儿望向天空。巴德甚至已经开始小声嘟囔着倒计时了。

"三——二——一——时间到！"

所有人都望着天空，但却什么都没有发生！蔚蓝的天空万里无云，连个污点都没有。

观望的人们很不确定地互相看了看。又过去了几分钟，很快到了12点45分……又到了1点。

“时间不会错吧？”汉森问道。

斯威夫特先生摇了摇头。“如果我们破译的代码正确的话就没有错。”他皱着眉说，“他们确实只说了天数。但是他们的时间通常会特别精准。”

等待的队伍焦躁不安地踱来踱去，想借此来消除紧张。两个多小时过去了，空中仍然没有传来信号，大家从紧张变成了沮丧。

虽然有些许希望但也不能继续等下去，技术人员一个接一个地回到了工厂。汉克·斯特林和亚弗·汉森最后也只好离开了。

“抱歉，汤姆。”汉克低声说道，“如果出现了，一定要马上给我们打电话。”

“当然了，汉克。”汤姆回道。

六点多了，乔把晚餐放在小木屋里的电热板上加热，他想用这顿简单美味的晚餐鼓舞大家消沉的士气。

“汤姆，这件事你怎么看？我们真的不走运吗？”席间，巴德问道。

“我们的太空朋友还没有让我们失望过。”汤姆回答道，“我很肯定，他们这次也不会让我们失望的。”虽然他没有很大声说出来，但是他还是很担心他们的布朗加利亚敌人会设法转移并获取能量。

斯威夫特先生好像看穿了汤姆的心思。“希望没有出什么意外吧。”他轻声说。

太阳落山了，黄昏降临。山坡上的树在黑暗中逐渐淡出视野。

“在那里！”巴德突然大叫。

四人瞬间如同被电击了一样弹了起来。有一丝光线从空中划过！但当光线愈来愈近的时候，他们又露出失望的神情。

“只是架飞机而已。”巴德抱怨道。

十点了，斯威夫特先生不耐烦地打了个哈欠。“我现在是心有余而力不足啦。”他坦承道，“我在太空轮里只睡了两个小时，昨天晚上也没怎么补觉。抱歉了，朋友们。”

“爸爸，您还是回家去睡一觉吧。”汤姆体恤地说道。

斯威夫特先生开车走了，他说如果第二天还需要守夜的话，他会回来轮班的。

时间缓缓地流逝，那三个留下的看守员一边闲聊，一边满怀希望地看着星空。最后，乔倚着树逐渐进入梦乡，低沉的鼾声随之传来。巴德也开始昏昏欲睡。

半夜十二点已经过去很久了，汤姆突然看见了空中的一道光亮，他身体僵直，屏住了呼吸。又是另一个错误的信号吗?

但这次不是！一道发着蓝色微光，拖着橘红色彗星尾巴的光线缓缓地穿过星阵移动过来。

“嘿！伙计们！快醒醒！”汤姆大叫。他匆忙站起来，将五角星头打开了一个角。瞬间，巴德和乔都彻底清醒了，同汤姆一样激动。蓝色星云越来越近，三个人看着，震惊得说不出话来。

能量球向他们靠近，照亮了整个天空，山坡就好像着火了一样。大地震动起来，空气中也弥漫着臭氧刺鼻的味道，紧接着便是恐怖的轰隆隆的声音。能量球释放出的力量引起了山坡的崩塌，扫荡了整个山坡上的岩石、沙砾和灌木丛！

“当心！”乔尖叫道，“这堆乱石会把我们碾压成粉末的！”一块巨石径直向他这边滚过来，他飞快地跑开了。

“巴德，坚持住！”汤姆大喊，“那都不是朝我们这边来的！”

巴德鼓起勇气，毫不动摇地抓住了星形头脑容器。瞬间，发光的那团物质变得线条分明，像一股蛇形火一样直接从容器顶端扎进了汤姆的发明。

汤姆欢呼雀跃，关紧了星头的开关，随后按下按钮，激活了自动封闭程序。

乔在岩石后面小心地注视着。紧接着，他就发出了欢呼声，像个巨型怪物一样从山坡上跳起来，把他宽边的牛仔帽向空中高高抛出。

巴德也欢呼了起来：“X星球的访客到了！”

他们三个人激动地抱在了一起，如释重负，开心得直跳脚。

“我们现在要叫醒你爸爸告诉他这个好消息吗？还是把惊喜留到明天早上？”巴德问汤姆。

“我觉得我们最好——”

汤姆喘息着中断了对话，这个机器人状的容器突然旋转了起来——起初转得很慢，然后越来越快。它疯狂地旋转着，像一只巨大的陀螺，在山坡上横冲直撞。

汤姆和两个同伴震惊、无助地盯着它。

“真是个讨厌的家伙！它想要干吗？”乔大声说道。

“看上去是能量球想要出来！”巴德猜想，“一定是有什么不对劲。”

汤姆疑惑地摇摇头，说：“没有理由这样啊，这个容器完全是空的。”

乔突然抱怨着惊慌地拍了拍额头。“请北斗七星恕罪吧！”厨师说道，“思考盒疯了！这应该是我的过失！”

第十一章 电的洗礼

“乔，你在说什么啊？”汤姆问道，吃惊地转向了乔。

乔讲述了他是怎样把口香糖掉进机器人脑袋里的，“我是不是把它弄坏了啊？”他胆怯地问。

汤姆想了一会儿，看着一直在旋转的思考盒皱起了眉头。它似乎平静些了，不过汤姆也不是很确定。

突然他面露喜色。汤姆想到了一个新点子！让乔惊讶的是，汤姆竟然开心地拍了拍他的后背。

“乔，你帮了我一个大忙！”他高声说道。

“我帮了大忙？”乔盯着汤姆，不知道该不该相信他，“怎么会呢？”

“你看看思考盒是怎么和口香糖起反应的。”汤姆解释道，“这表明这个能量多么像大脑！它对周围的环境条件敏感并且会做出回应，尤其是在遇到突如其来的新鲜事物时。”

“你的意思是X星球没有口香糖？”乔笑着问道。

“这就意味着我们能和它进行交流。”巴德说，汤姆笑了笑。

“说不定大脑还能对交流做出回应！”汤姆继续激动地说，“我们可能还能了解一下X星球！”

就在汤姆说话的时候，思考盒旋转得越来越慢，最后终于在三人面前停了下来。

“你觉得口香糖变成什么样了？”巴德问，“被他嚼没了吗？”

“口香糖或许没什么变化。”汤姆回答，“我们的外星来客应该适应它了。”

乔仍旧吃惊地瞪大了眼睛，盯着这个莫名生物，好像是在担心它会因为这块口香糖报复他，咬他一口一样。

“不用担心，老伙计。思考盒不会咬你的。”巴德取笑他说，“那块口香糖就是它适应我们这习俗的开始，我们还没有给他取适合的名字呢。”

“对啊。”汤姆看着他的朋友，咯咯地笑了，“有什么建议吗？”

“嗯……让我想想。”巴德皱着眉思考着，把手背在了身后，踱来踱去，“火顶。”

“可是它现在没有着火啊。”乔指出。

“现在是没有，但它来的时候确实烧得发光发亮。”巴德辩驳道。

汤姆和乔提出了几个想法，但都没有合适的。就在这时，巴德突然停了下来，打了个响指。

“有了！他是来自X星球的访客，那我们就叫他埃克斯曼吧！”巴德把名字拼了出来。

“棒极了！”汤姆高兴地说，乔也觉得这是一个“准确的好名字”。

乔坚持说，如果一个生物被赋予了名字，就应该接受洗礼。

“好啊！”汤姆同意道，两个男生大笑起来。巴德也很喜欢这个主意。

乔又想了想，觉得这事很棘手。他推了推牛仔帽，皱着眉斜眼看着那台脑容器，又抓了抓秃头。“因为给船洗礼、给雕像洗礼，或者给什么别的洗礼，要么对着它们打碎瓶子、要么剪个彩，或者是扯掉盖头。”厨师说，“但是到底怎么才能为太空来的牛仔洗礼呢？”

“这很简单的，乔。”汤姆向他担保，“我们会利用电来场炫彩、漂亮的洗礼，但我们先把埃克斯曼弄进实验室吧。”

三个人把能量容器装在了带它过来的车上。然后汤姆将车驶回了企业集团，带着埃克斯曼回到了私人实验室。

在这里，汤姆给星头的每个角都连了一个电极。其中一极安全触地，另一极连接到了特斯拉线圈上。接着，汤姆关闭实验室的灯的开关。

在黑暗中，这个生物的脑袋里马上就闪过了一道耀眼的噼啪作响的电弧！这次古怪的展示用这种难忘的方式点亮了整个房间，巴德和乔都感到毛骨悚然。

“洗礼结束，赐名埃克斯曼！”汤姆拉着长音说。

他让火一样的电弧继续点亮了一会儿，然后打开了开关，屋里的灯又亮了起来。

“哇！这个仪式真棒！”巴德低声说。

“在那样的送行之后，我希望他会在地球上做出些伟大的事！”乔热情地宣布。

“你说得对。”汤姆说。

长时间等待X星球的访客，又在它到访后倍感兴奋，使乔疲惫不堪，他最终去了在企业集团的住处，睡了个来之不易的好觉。

“我觉得咱们俩也应该睡一觉了，朋友。”汤姆对巴德说，“我明天早上再告诉爸爸。”

这两个男孩决定在汤姆实验室旁边的一个小公寓里睡一晚。而埃克斯曼被锁在了实验室里，身上映射着一盏点亮的小“夜灯”。

“只好让这么一点儿能量射线陪伴他了。”汤姆轻笑着解释道。

几分钟后，两个男孩就睡熟了。安静了一阵子后，房间里的电话响了起来，打破了沉寂。汤姆从沉睡中挣扎起身，起床摸索着走向墙上的电话。

“我是小汤姆·斯威夫特。”汤姆回道。

一个熟悉的声音问道：“它来了吗？”

“噢，嗨，爸爸！”汤姆打了个哈欠回答道，“是的，埃克斯曼完好无损地抵达了。我们安排它睡觉了。明天再给你详细讲讲吧。”

“好的，汤姆。”斯威夫特先生回道。

汤姆刚挂电话，巴德醒了，打开了灯。他醒来时只听见了汤姆的部分谈话。“你爸爸？”他问道。

汤姆困倦地点了点头，准备上床继续睡觉。但是巴德仍然被这位太空来客吸引着，决定去偷看一眼埃克斯曼。

他起身打开了实验室的门。他大叫一声，汤姆冲到了他身边。

“嘿！埃克斯曼不见了！”巴德急忙道。

他们看着用“夜灯”照亮的地方，埃克斯曼现在不在那里！汤姆找到了墙壁上的电灯开关，按了下去。屋顶的荧光灯管照亮了整个房间，两人如释重负地大笑起来。

思考盒只不过是自己挪到了屋子里的另一个角落！

“看来它并不喜欢我们给他留下的‘室友’。”巴德轻笑着说。

“就让它待在那儿吧。”汤姆说道。

两个男孩回到了旁边的公寓，很快就又睡着了。

几个小时过去了，玻璃碎掉的巨响和重重的撞击声把他们两个吵醒。

“一定是埃克斯曼出事了！”汤姆大叫道。

巴德紧随汤姆之后，冲进了实验室。

第十二章 埃克斯曼受命

一个奇怪的景象映入汤姆和巴德的眼帘。在一缕阳光中，太空机器人在实验室来来回回地移动，以“之”字形猛冲。

就在埃克斯曼冲向工作台和其他物体的时候，它似乎在发射一种看不见的波，这种波可以打翻东西！地面已经布满了被打翻的椅子、书和打碎的试管。重击声显然是文件柜倒下造成的。

“快拦住他！”巴德叫喊着。

埃克斯曼的头径直撞向了平板玻璃窗！实验室有一面墙壁完全是由玻璃制成的，上接天花板，下接地板。

“噢！不要啊！”汤姆紧张地说道，他意识到已经来不及阻止埃克斯曼了。

但是很快，埃克斯曼自己停了下来，好像是在提示它自己正在攻击的是一个脆弱的表面。框架里面的厚玻璃震动着。

“天啊！”汤姆揉了揉眉毛，“在它毁了整个实验室之前咱们得控制住它！”

埃克斯曼已经换了个路线滑来滑去。这两个男孩设法在它做出更多破坏之前抓住它。容器里的脑能量似乎在他们的抚摸之下镇静了下来。

“从太空科学来讲，是什么触发了它呢？”巴德大声地问道。

“时间。它会对时间的流逝起反应。”汤姆推测道，“我觉得他只是想探索这个地方，我们越快和能量交流上越好。”

“那我们该怎么做呢？”巴德问。

汤姆皱了皱眉说：“嗯，我在想埃克斯曼能不能明白指令呢？”

汤姆后退了几步，大声清晰地说：“过来！”

埃克斯曼在原地没有动。

“向右移！”它没有反应。“向左移！”它仍然没有反应。

“我猜它是没听明白，汤姆。”巴德嬉笑着说。

“是还没有。”汤姆同意地说道，“我预测不了这个大脑会响应什么样的能量。它作为一种纯能量，必须和另一种能量相互响应，声音是我们的能量形式。这和使用无线电波是一样的，无线电波也是一种能量。我们必须解决转化能量的问题，让转化后的能量能给埃克斯曼发送信息。”

“我们应该做些什么呢？”巴德问，“还是根本没什么希望？”

“我会试着通过电子脑和它交流，我已经把电子脑根据当前情况调试过了。”汤姆回答道。

男孩们清理着这次埃克斯曼造成的狼藉。随后，汤姆开着吉普车前往制造电子脑的计算机实验室，给电子脑安装了遥控装置。然后他又回到了私人实验室。在那里，巴德看着他用一个短距离天线连接了电脑和收发解码器。

“主人，请讲！”巴德模仿机器人“吱吱”的声音说，“声音听起来清晰响亮！”

汤姆咧嘴笑了，在键盘上敲出了一个指令：后退。

埃克斯曼转动着后退了！巴德开心地大叫起来。

汤姆发出了“向前”的指令。埃克斯曼乖乖地转到他面前。

“停！”——埃克斯曼就停了下来。

“嘿！怎么样？”巴德开心地喊道，“它真的能理解这些电子脑脉冲！”

“并且还能记住这些脉冲，这也是很重要的。”汤姆补充说。

过了一会儿，脑能量似乎没有耐心了。它从带轮子的容器中朝着实验室的工作台冲去。

哐啷！一个试管架摔在了地上，玻璃破碎，发出了清脆的声响。

“停下来！”汤姆疯也似的发出指令。埃克斯曼再一次听从了指令。

“它就像个淘气的孩子一样。”巴德说。

但它似乎就像是在反抗一样，朝另一个方向跑开了。然后突然停了下来，不停转圈，它的一个天线臂把煤气灯撞到了地上。

“来这儿！”汤姆命令道。就在这个“罪魁祸首”接近的时候，他又严厉地发出新的指令：站在你待的地方不要动，听到我其他的命令之后再动。

这次，埃克斯曼老老实实地待在那儿，等着下一个指令。巴德拿起刷子和簸箕，和汤姆一起开始收拾打碎的试管，又在架子上放了个新的煤气炉。

随后，汤姆开始通过电脑给埃克斯曼编入了更复杂的指令，并通过一些舞步似的动作以及其他训练指导它，又让它放射热能，两人立刻就感受到了。汤姆甚至还能让机器人的波能致使电子控制板的转化器短路。

汤姆既开心又激动。“巴德。”他说，“这个大脑的反应速度快到像一个高智能生物一样！想象一下——不用任何解码设备，它就可以识别并理解我发出的无线电指令了！”

“我们现在需要的。”汤姆继续说道，“是一种简单的语言，让埃克斯曼明白我们的想法，而不用一直使用电子脑。那就意味着我必须找到方法赋予埃克斯曼人类的感官——嗅觉、触觉、视觉、听觉和味觉。然后，它就可以和我们一样识别各种反应，直接和我们交流了！”

“听起来是个不错的点子。”巴德狡黠地说，“说到这个，我们打电话给乔让他准备早餐怎么样？”

巴德给乔打了电话，不大一会儿，乔就推着餐车来到了实验室。

就在乔给大家分发超大号火腿和鸡蛋时，他一直警惕地看着埃克斯曼。汤姆正在为埃克斯曼做一些更加生动的演习。

“一顿好饭就可以让埃克斯曼安静下来。”乔急躁地说，“但是你们又在给这个装置喂什么呢？”

“嗯，肯定不是口香糖就对了！”巴德取笑道。但他刚吃了一口，就补充说，“肯定也不是这个火腿！”

巴德从实验室的椅子上跳了起来，像跳舞一样转来转去，好像被烧着了一样甩着胳膊。

“救命！救命！”他大叫，“乔要毒害我——就像毒害埃克斯曼一样！”

乔粗糙的老脸上本来的沙漠棕色变得苍白。“天啊，汤姆！”乔猛吸了一口气，“我毒到他了吗？可能我们应该给辛普森医生打个电话！”

辛普森医生是负责企业集团医务室的医师。

汤姆实在是忍不住了。“你最好打电话给有紧身衣的人——或者有捕虫网的！”他边说边笑得浑身发抖，“恐怕他是在开你玩笑啊，乔！”

乔的下巴紧了紧，就像看一头落入捕熊夹的熊一样，盯着用脚尖旋转的巴德。巴德面带喜悦地把他的椅子折叠了起来。

“不好意思，老前辈。”他气喘吁吁地说，“我就是忍不住要逗你！”

“好好好，小朋友。”乔生气地说，“可能我哪天会忍不住要跟你算清这笔账的！”。

乔拖着他那双高跟牛仔靴和沉重的脚步走出了实验室，满脸是自尊受损的愤怒。

“你最好当心点，伙计！”汤姆嬉笑着警告他，“记住，对大厨不敬是很不明智的！”

“我觉得你说得对。”巴德同意地说道，擦了擦笑出的眼泪。“我会记得的，只要乔承诺不再做穿山甲汤或者响尾蛇沙拉！”乔的爱好就是喜欢尝试用各种奇怪的食物做饭，这是企业集团不变的笑话。

男孩们狼吞虎咽地吃着饭。他们刚吃完，汤姆瞥了一眼墙上的大钟，已经八点多了。

“怎么爸爸还没有来实验室。”汤姆说，“我应该给他打个电话看看他是不是没事。”

汤姆拿起了电话，让接线员直接接到家里。他的爸爸接起了电话。

“早上好，爸爸！”汤姆问候他说，“我以为你昨天晚上给我打过电话之后，会一大早就过来看我们的访客呢。它已经——”

“你在说什么啊，儿子？”斯威夫特先生打断他，“我昨晚没给你打电话啊！”

第十三章 灾难袭击

汤姆大吃一惊说道：“你没有给我打过电话？可是，爸爸，我接的电话——确实听见的是你的声音啊！”

“那不可能。”斯威夫特先生坚持说，“相信我，儿子，我一回来就睡得很沉了，刚刚才醒。”

电话中沉默片刻，父子俩都意识到了，那通电话是伪造的！随后汤姆大声说：

“爸爸，这个问题严重了！”汤姆说。

“说的是啊，非常严重。”他的爸爸回答道，“你是从实验室打过来的吗？”

“是的！”汤姆回道。

“待在那儿，我马上过去。”这位年长的科学家说。

斯威夫特先生到了之后，汤姆讲述了和神秘来电者的通话。他的爸爸听着，眼里显示出担忧、眉头紧锁、困惑不已。

“敌人要是得到了信息，那就糟糕透顶了。”斯威夫特先生说道，“但更危险的是，他竟能这么逼真地模仿我的声音。

汤姆，如果他能欺骗得了你，他就谁都能骗到！”

“爸爸，您和我想的一样吧？”汤姆担忧道。

“会不会是企业集团出现了内鬼？”汤姆点了点头，他的父亲也很赞同，“是的，儿子，看起来确实是这样的。这个人能逼真地模仿我的声音，就一定是近距离接触过我们的人——要么是工厂里的，要么是在肖普顿这儿的。”

斯威夫特父子和巴德一想到实验站中有叛徒，就感觉很厌恶。因为他们仔细审查过所有员工，而且参与斯威夫特企业集团激动人心的科学探险的成员，已经形成了一种亲如家人的关系。

汤姆打给了安保部，让哈伦·艾姆斯马上来实验室一趟。哈伦很快就赶来了，汤姆迅速讲述了这通神秘电话的细节。

“回想一下，汤姆。”哈伦催促道，“你还记得那个声音的什么信息吗？或许可以给我们点儿线索。我的意思是，那个声音比你预期的声音音调更低，还是更高？或者是那个来电者发音的方式有什么特别的？”

汤姆摇摇头，说：“没什么特别的。这正是问题所在。他只说了几句话，但是我所知道的，那就是我爸爸的来电！”

“嗯。”哈伦皱眉问道，“那背景声呢？”

汤姆努力地回想着，说：“什么也没有。如果我注意到有什么特殊声音的话，我肯定会印象深刻的。”

哈伦尝试换一种方式，他问道，有多少人知道这个太空来的脑能量会被运到这里。这更难回答了，但是汤姆和他爸爸在列举了相关人员后，确实缩小了嫌疑人的范围。

除了汤姆、斯威夫特先生、乔、菲利斯、哈伦和乔治·迪林之外，还有三群人接触过相关信息。一是太空信息交流实验室的无线电操作员；一是亚弗·汉森、汉克·斯特林和参与制造能量容器的工作人员；最后一组也包括汉克和亚弗在内的技术人员，他们来山坡等待过X星球的来客。

汤姆皱着眉思考着，说；“他们中应该没有人会设下这个骗局，像哈伦这样的人，以及亚弗和汉克也都没有什么嫌疑。他们中大多数不用费这么大劲就可以轻而易举地获得这些消息。”

斯威夫特先生点了点头说：“汤姆的分析是对的。当然，除非他们有什么紧急的原因，想要马上得到消息。”

“这个理由更让我感觉应该是外人干的。”汤姆反驳道，“记住，布朗加利亚人可能已经拦截了我们与太空朋友收发的代码信息，不管来电者是谁，他都知道了能量到达这个事实。而且他也知道能量已经在这里了！”

巴德突然插话说：“好吧，那如果他是布朗加利亚的特工，而且想偷走脑能量的话，有一件事是可以肯定的——只要脑能量还在企业集团，这里就不会被地震破坏。”

“这真是一个很能安慰人的想法，巴德。”斯威夫特先生带着讽刺的微笑说。

汤姆又一次皱起了眉头说："不管怎样，哈伦，看看能不能和那个骗子连上线。"

哈伦离开，去对工厂里所有有嫌疑的人员进行了一次彻查。巴德出去办事了，汤姆则开始向爸爸展示了关于太空机器人所取得的成果。

"我们已经给它施了洗礼，起名叫埃克斯曼。"汤姆说。

他借助着电子脑，让这位访客响应了大量指令。

"太棒了！"斯威夫特先生印象深刻，高声说道，"看看它的履带轮底是不是和轮子用得一样好。"

汤姆拿来了一个便携式小型铝合金飞机楼梯，这是用来够高架子的，还可以用来修补特大号仪器。最开始，汤姆不确定没有梯子或台阶的符号该如何编码命令。最终，他把埃克斯曼移到了台阶底部，简单地下了一个口令：上升！

埃克斯曼停了一会儿，然后就开始努力上升。它的履带轮底爬上了第一个台阶，然后就开始小心翼翼地尝试下一个台阶。虽然它的身体是倾斜的，但它体内的陀螺仪使它保持不倒。

"棒极了！"斯威夫特先生振奋地鼓起掌来。可是紧接着埃克斯曼就放弃了！它重新滑回到地面，随后便疯了似的旋转，到处乱撞。

"天啊！埃克斯曼疯了！"汤姆大叫道。

现在他们都能看到从机器人轮子上飘来的烟。它在实验室周围到处乱撞，留下了大破坏的痕迹。

巴德推开门，刚打算进来，埃克斯曼立刻就朝他冲了过去，天线严重地冒着火星，轮子也冒着烟。巴德赶紧关上了门。

斯威夫特父子也觉得躲起来比较明智。他们蹲在了实验室工作台后面，直到埃克斯曼发狂结束。不一会儿，它逐渐镇定下来，滑来滑去，最后不动了。

“苍天啊！”汤姆谨慎地站了起来，看着这个物体。它没有再动。巴德小心翼翼地从门缝里把头探了进来，再次进入实验室。

“是什么让它狂暴成这样啊？”巴德问。

然后汤姆就听见爸爸轻笑的声音。“事实上呢，男孩们，”老科学家说，“我觉得我们应该感到的是鼓励。”

“鼓励？”汤姆盯着爸爸说。

斯威夫特先生点了点头，说；“是的，这整件事是非常明显的反应。我相信埃克斯曼刚刚在上台阶时表现出的是一种害怕的情绪。”

汤姆喘息着，随后突然大笑起来，说：“爸爸，你说得太对了！我敢打赌当它身体倾斜的时候，它的大脑不确定陀螺仪是否能够保持平衡。这就恰恰能证明埃克斯曼一直在向人类的方向靠拢！”

巴德冒险地拍了拍埃克斯曼的“后背”。“放松点儿，孩子。”他咯咯地笑着说，“这都是你的朋友，我们做梦都不希望你受到伤害，你太珍贵了！”

斯威夫特先生若有所思地摸了摸下巴说：“是的，如果我们能让它交流的话才是最珍贵的。汤姆，我觉得我们应该钻研的第一个项目就是让埃克斯曼开口说话。”

在收拾完实验室之后，这两个科学家将凳子挪到了工作台，开始讨论这个问题。

巴德看他们全神贯注，意识到他们两个探讨的内容他很快就会听不懂了，就对着埃克斯曼笑了笑示意一下，悄悄离开了实验室。

“爸爸，最困难的部分不是语音装置本身。”汤姆指出，“我们可以用很多种方法实现——比如，通过调解气流，或是使用一些扬声器膜片。真正的难题是如何教会它我们的语言。”

斯威夫特先生点了点头说：“你说得对。如果X星球上的居民是靠心灵感应或者是通过一些波的传递来交流，他们或许已经忘记口语的概念了。”

斯威夫特父子充分地考虑了几个想法之后，汤姆打了个响指。

“等等，爸爸！有办法了！用电子脑！”汤姆激动道。

斯威夫特先生的眼睛放着光说：“对啊！那机器已经把太空

代码转换成了书面英语。我们要做的就是增加一个装置，将机械脉冲转换成声音！”

两个小时后，斯威夫特父子完成了装置，该装置通过磁带录音机连接到了电子脑。

在录了一会儿后，汤姆将磁带翻了一个面，开启了重放，随之传出了一阵嘈杂混乱的噪音。但是有可以特别清楚地听到一个词：“宇宙！”

“它在说话！”汤姆大叫说。

“是试着在说，不过没有很成功。”斯威夫特先生说。

虽然这样，这两个科学家也为这第一项突破欢呼不已。他们赶紧开始做出调整——包括电子脑接入和转换装置。汤姆刚要再次开启磁带录音机，电话突然响了。

这么重要的时刻来电话，汤姆有些恼怒，不过还是接起了电话。“我是小汤姆·斯威夫特。”汤姆答道。

“您有一个紧急来电。”操作员告知他说，“请稍等一会儿。”

是伯恩特·阿尔格伦从国防部打来的电话，国防专家的声音紧张起来。

“汤姆，刚才首都这边又有人企图引发地震！”伯恩特说道。

汤姆屏住了呼吸问道：“什么情况？”

“多亏了你，才没引起地震的。但是情报局认为他们还会在X城动手。我们需要你帮忙阻止。其他的冲击波偏导仪还要多久能完成？”伯恩特问道。

汤姆还没回答，他听见电话的另一头传来激动的声音。伯恩特突然插话进来。

“新消息，汤姆！沃灵测距仪工厂被地震毁坏了！”伯恩特说。

第十四章 空中劫持者

看到汤姆错愕的反应后，斯威夫特先生冲到了电话跟前。

“怎么了，儿子？”

汤姆捂住了送话口，快速地告诉了爸爸测距仪工厂毁坏的消息，然后继续对着电话说着。

“伯恩特，我们必须避免下一次灾难的发生！我跟制造地震神器的工程公司联系一下，马上给你回电！”

“好的，汤姆。”伯恩特说。

斯威夫特父子都被敌人刚刚制造的破坏震惊了。汤姆立刻打给了斯威夫特工程公司的奈德·牛顿，并把这个消息告诉了他。

“地震神器多久能完工，奈德叔叔？”

“已经完成了，汤姆。我们正在进行最后的检查，一点之前就可以运出去。”

汤姆把这些话转述给了伯恩特。伯恩特松了口气。“对了。”汤姆继续说，“那安装位置呢？已经选定了吗？”

伯恩特回答道："我们想先听听你的想法。"

伯恩特认为，其中一台反射器应该安装在能守卫X城地方，这是考虑到情报局说X城很可能遭袭的警告。另一个在能够抵消威胁到高度工业化区以及任何南部城市冲击波地方。

至于其他三台地震神器，伯恩特建议其中一个安装在A国西海岸，另一个安在黑山，最后一个安在大西洋的一个岛上。这样既能保护周边国家，又能保护A国。

汤姆决定之前，让矿务局的迈尔斯博士加进了电话交流中，斯威夫特先生也从另一条线路中加了进来。这四位科学家参考着地质地图，共同探讨着。最后，就安装的准确位置达成了一致。

"爸爸，我自己来运输和安装其中一台地震神器。"在电话会议结束之后，汤姆提出建议，"从昨晚的冒牌来电者来看，敌人说不定会要什么把戏呢！"

斯威夫特先生非常赞同，说："好主意，儿子。与此同时，我会看看埃克斯曼还能做些什么。"

汤姆告诉了奈德叔叔运送地点，并告知因为情况紧急，请求用斯威夫特的飞机运送地震神器。奈德先生答应说，会安排五架喷气机装载完毕，从工程公司飞机场准备起飞。

接下来，汤姆着手安排机组人员。他决定让汉克·斯特林、亚弗·汉森、阿特·威尔特萨和斯威夫特集团的故障检测员斯利姆·戴维斯各任一架飞机的机长。

汤姆刚挂断电话，乔就推着午饭餐车进来了，里面装着给斯威夫特父子的热得滋滋响的牛排。

“埃克斯曼现在怎么样了？”乔问道。

“现在还不错，刚才发了一会儿疯。”汤姆笑着回答。

乔担心地看着这个机器人，然后就慌忙地离开了。父子俩都被逗笑了。

汤姆父子俩吃饭的时候，继续讨论着如何给埃克斯曼装配上感官和语音装置。几分钟之后，他们快吃完甜点时，巴德来到了实验室。

“汤姆，你要飞去什么地方？安装地震神器是怎么回事？”他紧张地问。

“伙计，不用担心。我会需要我的常规副驾驶。”汤姆笑着说，“只是在吃午饭之前，我没时间给你打电话，我们会降落在保罗里奥。”

一点的时候，汤姆向机组人员和技术人员通报了情况，斯利姆带上了三个制作过地震偏导仪原始模型的人。在确保每个人都明确任务之后，汤姆让各组乘坐直升机去了斯威夫特集团公司的机场。

汤姆和巴德的喷气机是第二个起飞的。一收到塔台的信号，这个重负荷飞机就如闪电般冲出跑道，呼啸着飞向蓝天。

很快，他们就向南飞到了大西洋海域。

这时，巴德叫汤姆看雷达显示器上出现的模糊光点，说：“汤姆，这看起来像是飞机布阵。”

汤姆研究了一会儿这些光点。“我觉得你说得对。肯定不是海鸥！”汤姆皱着眉头说。

“你担心吗，汤姆？”巴德安静地问道。

汤姆耸了耸肩，说：“这应该是正常的军用机。”

他加快了速度，上升了高度。但是雷达显示器上的光点显示那些飞机正在平稳靠近。很明显，他们是冲着斯威夫特的喷气机来的。

汤姆打开了无线电。一个声音在他们耳麦中响起：“呼叫斯威夫特飞机！”

“是布朗加利亚人！”巴德喃喃自语道。

汤姆没有回复无线电中的挑衅。那个声音又一次响起：“呼叫斯威夫特飞机！在水面紧急迫降！”

汤姆唯一的回应就是紧急地加速。他打开了喷气发动机的节流阀，飞机以超音速向前飞去。

“他们在那儿！”巴德突然大叫。他指向了天空中七点钟方向的一团银光。

汤姆驾机急速俯冲到翻腾着的云团。他知道希望渺茫，眼下唯一的机会就是以速度或策略胜过这群强盗。

过了一会儿，当他们从遮蔽的云层中暴露的时候，这渺茫的希望也破灭了。敌机不只是一直跟踪他们，而是迅速迫近。敌机都是尖头的流线型进攻飞机，看来应该有水上飞机的船身。

“噢！又有敌机来了！”巴德屏息说道。

“斯威夫特飞机，我们发出最后的警告！停到水面，不然就会把你们打落！”敌方声音再次传来。

汤姆继续全速前进，脑海中拼命地搜寻着逃脱的办法。

巴德把无线电电源关闭了一会儿，说：“汤姆，我们马上就要被劫持了，趁还有时间，我们自己把你的发明毁掉吧！”

汤姆固执地摇了摇头，说：“我们为什么要被这些海盗威胁住？实际上我认为他们是为了埃克斯曼来的！”

这个想法是汤姆刚刚的预感，很明显他们的敌人已经知道了太空能量已经抵达。“但到目前。”汤姆推断着，“他们没理由知道关于地震偏导仪的事。”

为了拖延时间，汤姆再次打开了无线电，对着话筒说：“斯威夫特飞机警告敌机。我们本部听得到你们的每一句威胁。把我们击毁，就是对A国开战！……想冒这个险吗？”

一阵沉默之后，对方传来了回复，说：“你说，战争？这怎么能是战争呢？和谁打仗？你甚至都不知道我们是哪国的！”

“不要再自欺欺人了，先生！”巴德咆哮着说，“不仅我们知道，A国情报局也知道！”

汤姆决定冒险质问他们，但不泄露任何内情，以防有关布朗加利亚的消息是错误的。

“昨晚，斯威夫特企业集团接到一通电话。”他用无线电说，“我们知道是假冒的。我们还知道你们的特工知道了我们来客的事……对吗？”

敌方发言人等了一会儿之后，回复说：“可能吧。是真的又能怎么样呢？”

“就这样呗。”汤姆用无线电回复说，“如果你想见到我们的来客，那你们可真不走运。我说的是实话。你认为我们会冒险把这么有价值的人物放到无人把守的木箱子里么？”

汤姆和巴德对视了一下。两人都本能的感觉汤姆的话说中了敌人的心思，敌人一定会上钩的。

终于，等来了敌人的回复。“你们斯威夫特家人有着诚实谨慎的名声。”他的声音中带着一丝嘲笑，好像表明他觉得这是个愚蠢的弱点，“你能用你的名声担保这个——呃——人物不在飞机上吗？”

“我可以！”汤姆厉声说，“如果你不相信，那就放马过来开战吧！”

两个男孩屏息等待着汤姆这个大胆赌注的结果。很快结果揭晓。跟踪的飞机纷纷离队，从他们最初出现的方向飞走了。

“哇！”巴德用手擦了擦脸，拭去了汗珠，“感觉如何啊？”

汤姆如释重负地笑了笑说："巴德，我感觉不错，但是我确实担心了一阵子！"

不到一个小时后，汤姆和巴德的飞机在保罗里奥机场着陆。桑切斯机长命令一个武装警卫在那等着迎接这两个男孩。他带来了一队士兵，还有地质学专家莱昂内教授，他来自小岛上的一所小型技术学校。

"我已经在小岛东海岸选好了一个地方。"教授告诉汤姆。他打开地图，解释了一下这个地点。

"太棒了。"汤姆说道。

地震神器零件、通信设施、小型原子地球爆破仪都迅速卸载下来，并用卡车运送到了指定地点。三个小时后，地震神器安装完毕。

汤姆给当地一小队军事技术人员解释了地震偏导仪是如何运作的。他还选派了一个自己人安装时在那作故障检修员。

"那么现在。"桑切斯机长开心地说，"我们必须放轻松，还要庆祝一下我们两国之间的友谊。"

汤姆和巴德急着回家，但他们不愿伤害到这些新伙伴们的感情。所以，他们在那里吃了丰盛晚宴，又听了很多人的谈话。轮到汤姆讲话时，他借机警告了大家布朗加利亚可能造成的破坏。最后，当地的工作人员终于放男孩们和他们的随行人员飞回家了。

“真是些好人。”男孩们升空后，巴德说，“就是有点不太好脱身！”

汤姆咧嘴笑了，然后又严肃起来，“巴德，你知道吗？”他若有所思地说，“这些空中强盗让我有个想法。”

“说说看，汤姆。”巴德问道。

“要是我能把埃克斯曼完善到可以传回报告。”汤姆解释道，“我就可以让它被绑架。试想一下，这是多么好的‘卧底’啊！它可以暗中将布朗加利亚做的事都告诉我们！”

“嘿！这个主意真是太棒了！”巴德瞪大了眼睛说道，“但是你怎么能确保那些布朗加利亚反叛的科学家不会改造它呢？我是说，他们可能给它洗脑什么的。”

“确实有风险。”汤姆赞成，“但我要做的就是——把它打造成一个完美的间谍。”

飞机在斯威夫特企业集团机场降落的时候已是午夜，男孩们已经熟睡。

第二天早上，汤姆向斯威夫特先生和哈伦·艾姆斯汇报了这次保罗里奥之旅的结果，包括中途受到不明身份空中强盗的突袭。他私下还告诉了爸爸关于用埃克斯曼作为电子间谍的计划，斯威夫特先生非常激动。

这两位科学家很快就投入了工作。斯威夫特先生制造了两台大功率迷你无线电装置，分别用于接收和发送信息。同时，汤姆在忙着完成另一台极其微小的装置，这个装置集电子解码器和汤姆著名的微型计算机“小傻瓜”的特性于一体。

汤姆希望有了这个装置之后，埃克斯曼能够监视布朗加利亚叛军总部所有通讯活动，然后用无线电将信息传回斯威夫特企业集团。

正午时分，乔带着午餐来到了实验室，巴德随后也进来了。他们两个都在等着看实验的结果。汉克·斯特林和亚弗·汉森也过来了。

下午三点的时候，设备准备好进行试验了。汤姆打开埃克斯曼的星头，嵌入一个齿轮，做成了一个精致的接线器。

“到目前为止都好。”汤姆喃喃自语道，后退了几步，“现在测试正式开始！埃克斯曼会回答我们的问题吗？”

汤姆走到电子解码器大脑前，开始在键盘上敲入信息。其他人屏息凝神并焦虑地等待着。

第十五章 遭到绑架!

汤姆用代码输入电子脑的信息是:

我们有一个危险的计划。如果计划实施，你就会暴露于敌方。这对你来说会安全吗?你能抵抗住吗?

一阵紧张的沉默后，接着机器的信号铃响起，键盘将一条回复输入到磁带中:

没人能改变这个大脑，也不能改变它的目的。他们只能摧毁能量所有者。

当汤姆大声读完了这条信息之后，乔开心地大叫起来，所有人都欢呼雀跃。

“汤姆，太棒了!”巴德拍了拍汤姆的后背说。其他人都聚在了他们周围，纷纷祝贺。

斯威夫特先生紧紧地握住了汤姆的手，骄傲地笑着说:“儿子，这真是一个惊人的成就。这次危机结束之后，要是有时间研究的话，到时它或许是破解太空秘密的关键。”

“我当然希望是这样，爸爸。”汤姆喃喃自语道。汤姆虽然很开心，但也意识到，这只是他彻底摧毁布朗加利亚叛军计划中的第一步。

真正的危险依然摆在他们面前！

汤姆给哈伦·艾姆斯打了个电话，让他来实验室开会。哈伦到了之后，他与其他人一样，对汤姆与埃克斯曼交流的方式深感赞叹。

“现在的问题是。”汤姆说，“如何让他被劫持呢？”

乔像丛林狼一样谨慎，他认为最安全的方法只能是把太空机器人留在企业集团基地里，不加防范。

哈伦摇了摇头，说：“那太明显了，他们会怀疑这是陷阱。”

“嗯，那么，要是用卡车运到高速路附近呢，就好像是你们护送他前往一样？”巴德说道。

这个提议也遭到否决，因为狡猾的间谍集团肯定会觉得，如此珍贵的东西是不会用这种又慢又不安全的方式运送的。

“那用飞机呢？”汉克·斯特林建议说。

“哎呀，我的天啊，那就是等于祈求别人对你自己开火！”乔愤怒地说。

“但如果用‘蓝天女王’这样带有喷气推举器的飞机就不一样了。”汉克反驳说，“如果有任何劫持的飞机冲向我们，为了拿到埃克斯曼，他们必须让我们安全着陆。我们可以在水面停泊，或者在空中盘旋，再把它交出。”

“在他们安全拿到手之后，就会把你们的飞机毁成碎片的！”乔反驳道。

汤姆也认为使用飞机不够明智，但他考虑的是不同的原因。斯威夫特家已经遭遇过一次空中劫机，所以布朗加利亚会觉得很可疑。还有他们退缩是因为害怕开战，他们认为A国空军部队肯定会对受袭保持高度警惕的。

“是的。”哈伦同意地说。他思考了一会儿后，补充道，“汤姆，你觉得用潜水艇运送埃克斯曼怎么样？我们知道在我们所处的这个半球的每个间谍装备都会侦察到费林岛上发生了什么，还有我们潜水艇的基地在哪儿。”

“那是毫无疑问的。”汤姆说。

“所以。”艾姆斯继续说，“任何前往费林岛的行踪肯定都会让布朗加利亚的间谍竖起耳朵的。他们自己的间谍潜艇可能会在岛周围逗留，注视着斯威夫特潜艇何时离开。他们可能会觉得水下袭击有很大胜算。”

其他人都陷入了深思，然后缓缓点头表示赞同。哈伦的推理听起来很合逻辑。

“汤姆，我想你是一定坚持要去的。”斯威夫特先生低沉地说。

“当然了，爸爸。毕竟，劫持计划是我提出来的。”汤姆回答说，“我坚持的另一件事就是您不要去。我们还要考虑妈妈和桑迪，不能两个人都冒险去丧命。”

斯威夫特先生意识到劝阻儿子没什么希望，而且汤姆的立场基本上比较坚定与公正，斯威夫特先生没有继续再争辩。巴德、汉克、乔和亚弗马上自告奋勇，要陪年轻的科学家共赴危险使命。

汤姆心怀感激地接受了他们的帮助。他让所有准备飞往费林岛的人员第二天早上六点在企业集团机场集合。

在其他人离开之后，汤姆和爸爸继续对埃克斯曼进行实验。斯威夫特先生建议在无线电中加入一个装置，这样，有人想篡改它时它就会分解。“要赶在这些布朗加利亚的间谍知道你的电子间谍秘密之前完成。”斯威夫特先生说道。

“爸爸，好主意。我们用斯威夫特元素完成这项工作怎么样？”斯威夫特元素是汤姆在南美发现的不同寻常的放射性矿物质。

斯威夫特先生点了点头，开始工作。

汤姆钦佩地看着爸爸对无线电进行改造，外表用斯威夫特元素的混合物刷了完整的涂层。他立刻把设备放进了一个小烤箱，温度调到了50℃。

“当它冷却后，就会变得很牢固。”斯威夫特先生说，“但如果想在冷却后移动某个零件，所有有机零件都会氧化，变成气体消失，包括电路板、绝缘装置、电阻器等。连一个简单的零件也不能动。”

“太棒了，爸爸。”装置完成的时候，汤姆低声说，“我希望也像您一样拥有微量化学领域的技术。”

“我也希望在电子学上能有你这样的建树呢！”斯威夫特先生咯咯地笑着说。

斯威夫特先生把装置安装进埃克斯曼的星头之后，汤姆用电子脑告知了机器人整个计划。

埃克斯曼表现出高涨的热情，汤姆父子俩都非常开心。它在解码器上回复：

朋友们，不用担心。我不会回应布朗加利亚科学家跟我交流的任何事情的。我的星球非常了解他们的危险目的。他们攻占了你们的星球之后，便会入侵太空。

“看样子埃克斯曼好像看透他们的老底了，没错！”汤姆满意地说。

第二天一大早，斯威夫特先生就驾车带着汤姆来到了企业集团机场去送别他的朋友们。汉克·斯特林、巴德和乔已经准备就绪，亚弗·汉森几分钟之后也到了。汤姆和巴德离开另外几人，把埃克斯曼带上了一辆小型货车。

很快，太空机器人就安全装载到了运输直升机上。其他人在机舱里也都各就各位。

“儿子，祝你好运！”斯威夫特先生在和汤姆临别握手之际，强挤出了一个微笑。

“爸爸，别担心。我很快就会回来的！”汤姆向他保证。为了不让斯威夫特夫人和桑迪担心，这次出行的任务只是模糊地告诉了她们。

到费林岛的一段水上短程飞行很快就结束了，飞机停靠在了大西洋海岸。费林岛曾经荒芜贫瘠，拇指形状的广阔土地上布满了沙丘和丛生的杂草。现在这儿是斯威夫特公司最机密的火箭基地，由无人机和雷达严密把守。

就在直升机快要在目的地降落时，汤姆发出无线电确认场地空出，随后直升机便呼呼地飞向了降落地。基地营房、工作室、基础发射区域尽收眼底。太空运输火箭在发射台上准备和汤姆的太空飞船一起发射，包括巨大的“泰坦”，形状奇怪的“挑战者号”和“宇宙航船号”。

这个岛南北两侧都是码头。这里停泊着回收拖船、油轮，还有斯威夫特的海底飞船舰队。

汤姆选择了一个名为“斯威夫切”的货运喷气式潜艇，它是之前二人喷气式潜艇海底飞镖的大号款。他前一天晚上下令将它备好，次日早上出海。

汤姆的团队乘坐吉普车和卡车，很快横穿岛屿，来到了码头。埃克斯曼很快就通过潜水艇舱门被降到了舱板上。其他人紧随其后，指挥塔的舱门关闭，接着“斯威夫切”便滑入了暗影重重的蓝绿色深海中。

“你的航海计划是什么，汤姆？”汉克·斯特林询问道。这个安静的方下巴工程师站在汤姆和原子涡轮控制器旁边，透过潜艇透明的机头向外看去。

“慢一点。得让他们有充分的机会跟上我们的步伐。”汤姆回复说。

他们中速航行了两个小时，没有什么动静。汤姆失望地浮上了水面，打开自动扰频装置之后，用无线电联系爸爸，说了这个消息。

“正好有条激动人心的新闻要告诉你。”斯威夫特先生开心地说。

“什么新闻，爸爸？”汤姆问道。

“一次对X城引发地震的企图刚刚失败了！”

大家听见扬声器中斯威夫特先生的话时，都露出了欣喜的笑容。巴德开心地欢呼起来。

“太好了，爸爸！”汤姆说，“或许我们在地震前线已经把他们打败了。虽然到现在为止我们的新计划还没那么好的运气”

“好吧，随时保持联系，时刻让我知道你那边的情况。”斯威夫特先生叮嘱道。

“好的，爸爸！”汤姆保证说。

“斯威夫切”再次潜到水下。这回，刚下去几分钟，亚弗·汉森就大喊有险情：“声呐潜望镜里有异常，机长！”

巴德、汉克和乔迅速聚在了显示器周围看。光点急速变大，显然是另一艘潜水艇正在逐渐逼近。

汤姆假装突然加速，就好像试图甩掉他们的追击。但他同时在用声呐潜望镜小心地监测着海里数，不要让两架潜水艇离得太远。其实这也不太可能发生。虽然“斯威夫切”的速度越来越快，但敌人的潜水艇像一只掠夺成性的鲨鱼一样继续逼近，最终超过了汤姆的潜水艇。

“真是个宝贝！”巴德佩服地小声说道。

话音未落，通过“斯威夫切”的透明船头可以看到有导弹从船边划过。导弹形成的水泡使潜水艇晃动不已。

“他们在攻击我们！”巴德大声喊道。

汤姆紧急关闭了涡轮节流阀，让船在水中滑着停了下来。同时，他打开了声呐电话。

“斯威夫特潜水艇听令！”一个声音大叫着从设备中传了出来，“上浮停船！不要耍花样，不然下一个导弹就不只是擦肩而过了！”

汤姆放掉压载水舱中的水，送“斯威夫切”上升到水面。指挥塔刚露出水面，汤姆一行人就爬上了舱板。紧接着，敌方一艘流线型灰色潜水艇突然出现在视野中。舱门打开，几个人爬了出来。

令汤姆吃惊的是，他们的首领竟然是萨姆森·纳考！

“为什么？你个卑鄙无耻的双料骗子！你个臭鼬！”乔怒吼着，“当初就应该给你五花大绑，不该放你走！”

纳考没有理会他的怒吼，举起扩音器放在嘴边说：“上交你们的货物！马上！”

“什么货物？”汤姆快速地厉声说道，“你这么愤怒是什么意思呢？难道你也意识到了这是海盗的行为？”

“我是意识到了你们应该结束这最后无力的反抗！”纳考险恶地警告说，“你非常清楚我指的货物是什么！现在不要再挑战我们的耐心了！”

汤姆和同事们假装咆哮和愤怒起来，乔演得尤其逼真，怒吼中还带着严重的口音。

纳考唯一的回答就是用布朗加利亚语大喊着命令。很快敌人的潜水艇就靠到跟前，直到两艘船挨在一起。纳考和他的手下带着冲锋枪和自动手枪，迅速跳上“斯威夫切”。

“我警告你，纳考——”汤姆愤怒起来。但纳考用枪口抵在他的肋骨上，打断了他的话，随后便下令让两个手下到里面去。

几分钟过后，埃克斯曼从舱口被拖了出来，运到了敌人的船上。几个A国人无声地怒视着这一切。

“太感谢你了，我愚蠢的朋友！”纳考嘲笑地奚落着，随后便登上了自己的潜艇。

他们欢呼大笑着消失在了控制塔中。舱门迅速关闭，入侵潜艇立刻潜入了水中。

汤姆和他的伙计们惊魂未定，但是也很开心没有和埃克斯

曼一起被俘走。所有人欢呼雀跃，如释重负。

“哇！这就是我说的速战速决啊！”巴德说道。

“还好没有我期待的场景那么糟糕。”乔说，“有一阵儿，我以为我们会被扔下去喂鱼呢！”

“乔，你演得真不错！”汤姆拍了拍这位老厨师结实的后背说，“好吧，他们已经上钩了，现在等着收获吧——是咱们的收获！”

这些A国人又挤进潜水艇，关闭舱门，潜入了水中。汤姆从容地加着速。“我们应该假装按照原定的航线行驶，还是掉头回家呢？”他低声地对汉克说。

汉克还没回答，就听见亚弗在声呐电话中传来一声尖叫。

“汤姆，导弹来了！冲着我们过来了！”

第十六章 独特的实验

“具体方位！”汤姆喊道。

“1-7-5！”亚弗·汉森大声喊道。

汤姆打开左舷喷气式涡轮，又打了右满舵。高速的紧急右转让整个潜艇都严重倾斜了过来。

“过来了，汤姆！”巴德大喊。他和其他人都迅速冲到了声呐潜望镜前。

汤姆操控着，把他们带离了导弹弹道数百米开外。现在他猛拉杠杆，把镉棒继续推离原子反应堆，以便增加动能，使潜艇远远超出射程之外。

但是潜望镜前的人们突然一惊。“导弹也转向了！”汉克大喊，“是对准我们来的！”

和用于科学探险的其他斯威夫特飞船不同，这艘潜艇的船体没有托马塞特涂层。这使得它会绝缘于磁力影响和任何形式的脉冲探测。汤姆也是考虑了这个因素，才选择了“斯威夫切”，这样布朗加利亚的叛军们就可以在它离开费林岛后轻松地发现它的踪迹。

如果这个选择使他们丢掉性命，那也太讽刺了！就在这个想法从汤姆的脑海里闪过时，通过透明的船头又看见另一个导弹冲进了视野。

这时，汤姆已经打开了“斯威夫切”的潜水艇。潜水艇坠入了更深的水底。

“我的鲸脂大餐啊，它又回来了！”乔气喘吁吁地说。导弹的轨迹就像是转了一圈又追了回来，声呐潜望镜上又出现了一排光点。

时间在紧张中飞速流逝，汤姆驾驶着潜水艇在这场死亡游戏中被水下杀手紧紧追杀着。但导弹的动能似乎逐渐消耗殆尽。

“它放慢速度了，没错！”亚弗大叫。

几分钟过去了，导弹失去了大量动能，汤姆很轻松地甩开了它。工作人员都挤在了潜望镜前，长长地舒了一口气。那个导弹的速率消耗之后，沉向了海底，不再有威胁了。

“天啊，真是太险了！”巴德虚弱地喘息着说，“你刚刚驾驶潜水艇就像是在斗牛一样，汤姆！太棒了！”

其他人都随声附和着巴德的话，为汤姆的成功逃脱激动地相互握手拍背。

“一点没错。”乔说，“我当然想看纳考和那群布朗加利亚的小贼们在靴子跟上涂点热铅，跳一段吉格舞！这群鬼鬼祟祟的逃兵！就像是我之前告诉汉克的飞机场阴谋——很可能他们得到埃克斯曼之后，马上就会向我们开火！”

“我觉得你猜得很准，乔。”汤姆苦笑着同意道，“好吧，至少我们甩掉了他们的潜艇！”

布朗加利亚的强盗船在雷达潜望镜上已经看不见了，连一点微弱的信号都没有出现。很显然纳考以为汤姆的潜水艇必毁无疑，于是他便回到自己的基地去了。

即使如此，汤姆还是谨慎地以“之”字形的航线驶向费林岛。到了岛上，他就立刻给伯恩特·阿尔格伦和韦斯·诺里斯打了电话，报告了埃克斯曼被劫持一事。他们俩都赞扬了汤姆大胆的计划，斗过了残忍的布朗加利亚叛军。

“汤姆，如果你的计划成功了，我们就能挫败那群骗子和他们同伙的每一个举动！”韦斯宣称。

“我希望不止这些。”汤姆回答说，“我计划中的一部分是通过埃克斯曼的卧底行动，帮助到布朗加利亚的效忠者们。稍动脑指挥一下，我们或许就可以在阻力彻底清除之前，组建出一个正义的政府。”

“太棒了！”韦斯说道，“希望你的计划成功！”

汤姆吩咐过，费林岛和企业集团的太空示波器要始终有人看守，来接受埃克斯曼发来的信息。但晚上，汤姆和同伴们快到斯威夫特企业集团时，还没有收到任何信息。

斯威夫特先生在机场热烈地迎接了儿子。汤姆在遭受劫持和导弹攻击之后就没有再向企业集团发送无线电消息。汤姆害怕任何这样的信息都可能被敌人截获，引发更多的攻击。但汤姆打过电话之后，马上就打给了爸爸。

此刻，斯威夫特先生向这个瘦瘦高高的年轻人张开了温暖的怀抱。“你看起来筋疲力尽，儿子。今天就到这，先回家吧！也欢迎你们各位都过来我家。”他继续对巴德、乔和其他人说，“你们冒了生命的危险，应该休息一下，舒缓一下紧张的情绪。”

汤姆希望他的同伴们能同意。“但是我得留下来，”汤姆对爸爸说，“我想在埃克斯曼联系我们的时候能在场。”

巴德坚持留下来陪他的同伴。这两个男孩在汤姆的私人实验室里吃了一顿安静的晚餐，最后在实验室旁边公寓的小床上躺下了。在此之前，汤姆任命了一个夜间操作人员监控电子脑的情况。

“警铃一响马上就叫醒我。”他命令道。

“好的，汤姆。”无线电人员说。

没有消息传来，男孩们休息了一整夜。第二天早上穿衣服时，汤姆感到非常担心，随后便让在解码器前值班的人回去了。难道布朗加利亚人比他更聪明？埃克斯曼应该发回消息了啊！

“放松点儿，伙计。”巴德鼓励道，“我们的太空盟友现在还没时间获取什么秘密呢。再说了，布朗加利亚的科学家可能正在看他身上的各种电子零件呢。在它得到重要消息前，为什么要冒险联系我们呢？”

“那倒是真的。”汤姆承认。

乔推着早餐车进来了，“吃点儿东西吧，老板，别烦了。”乔安慰地说道，“我觉得埃克斯曼不会让我们失望的。”

汤姆用力闻了闻香肠和烙饼扑鼻的香味。“希望你是对的，乔。”他笑着说。

男孩们狼吞虎咽地吃着，汤姆又开始考虑如何能让埃克斯曼拥有感官。吃过饭，他和巴德讨论起了这个话题。汤姆大多数的想法技术含量太高，巴德听不懂，但他还是专注地听着。他知道这位年轻的发明家需要有个“共鸣者”回应他的想法。

“我没能在埃克斯曼被绑架之前完成这个装置，真是太可惜了。”汤姆沉思着说，“想象一下，他有了‘眼睛’和‘耳朵’，能多获取多少信息啊！”

“别发牢骚了。”巴德玩笑着说，“电子间谍长着爱因斯坦的大脑，这还不够吗？”

一个多小时之后，斯威夫特先生来到了实验室。他发现汤姆在做实验，一个玻璃球上吸附着六个强力电磁。导线连接在两个崭新电极的外端，电极固定在玻璃里。巴德在一旁瞪大了眼睛观看。

汤姆给爸爸解释说，这是他自己吹制的球体，配方是由用于太空和水下飞船可视面板的石英玻璃改良而成的。

“它是用来干什么的呢，儿子？”斯威夫特先生研究了设备之后问道。

“不要笑我啊，爸爸，我正在尝试着生产一种纯净的脑能量。这是埃克斯曼的代替品，这样我们就能继续进行感官实验了。”汤姆回答道。

斯威夫特先生听后，非常感兴趣，愿意帮忙。“但是儿子，你要记住。”他警示汤姆说道，“你最多也只能制造出一个脑能量的代替品——这和真实的事物有着很大的不同。不要忘了，汤姆，人类的心灵或是宇宙上任何能思考的居民都有着神圣的灵魂。科学家永远都不可以幻想自己可以模仿造物主的工作。”

“我知道的，爸爸。”汤姆严肃地说，“和大自然的奇迹相比，人类的工作一直都是表层的探索。我现在所希望的就是能创造出一种刺激反应单元，使我们可以用来测试发明出的任何一种感官装置。”

两位科学家随即便投入了工作。首先，球体里面装有精密的计量器，用来精确地记录发生在其中的每一个静电反应。随后汤姆扳动开关，由电阻控制的磁场强度立刻将电荷变成了一个炽热的火球！

“哇！还真是个暴脾气！”巴德调侃道，尽力隐藏着激动之情。

汤姆快速转动着几个手柄，检查着计量器，咯咯地笑了起来。磁场强度中轻微的变化就会引起能量球中的即时响应。斯威夫特先生试着将它暴露在无线电波和斥力装置波中。每一次，计量器上都会灵敏地做出反应。

“看，爸爸！我们这就准备就绪了！”汤姆开心地说。

汤姆和斯威夫特先生又继续认真地工作起来，完善装置在模仿感官方面的问题。两人全神贯注地尝试不同的方法。巴德很快离开了。

中午，乔把餐车推了进来，他们暂时放下了手头的工作，享用午餐。随后实验室又陷入了一片寂静。

汤姆装配了一台带关节的爪状机械装置，在这个爪状的“手指尖”还装有敏感膜。这个膜连接了晶体管回路，用来调节电磁体的场电流。

突然，年轻的发明家汤姆抬起头看向爸爸，面露胜利的光芒。

“爸爸，触觉实验有回应了！”汤姆惊喜道。

第十七章 紧急警告

汤姆解释并展示了他的触觉装置，斯威夫特先生急切地看着。通过一个导电控制装置，汤姆可以像控制手指一样操纵“爪子”。不论接触到什么材质，大脑计量器都会立刻记录球体内部发生的电流反应。

电压计指针的摆动可以显示物质是如何抵抗“爪子”的触摸的，这样就能看出物体是硬是软。

“通过植入到埃克斯曼中同样的电脑装置。”汤姆继续说，“大脑就能够同化任何物质的纹理特征。”

“太棒了，儿子！”斯威夫特先生高声说，“希望我研究的人造视觉也能做到这么好。”

又一个小时过去了，斯威夫特先生准备测试他自己的设备。

“你可能听说过在盲人身上做的实验吧。”他跟汤姆说，“通过阴极射线管装置的引导刺激他们的右脑，明暗意识就会储存起来。”

汤姆点了点头。

“嗯，我用的是同样的原理。”斯威夫特先生继续说，“但是要用到一种电视相机扫描装置。”

他让汤姆拉上窗帘，关上房间的灯，让实验室处于完全黑暗的状态中，只剩下了玻璃球古怪的发光“大脑”。随后斯威夫特先生用手电筒照向扫描仪。那个大脑就会发出更亮的光来回应！

接下来，再次打开窗帘，点亮屋顶的荧光灯之后，斯威夫特先生在一张大硬纸板上画出了黑白条纹的图案，随后把它举到扫描仪前。

可见的光亮波纹与次亮波纹通过了球内闪光的能量球，它再现了波纹图案！

“爸爸，这太不可思议了！”汤姆非常敬佩地说。

斯威夫特先生摇摇头，说：“恐怕这还是太粗糙了。脑能量自己不能代替电视接收器中的显像管。我们需要用模拟计算机来总结影像管捕捉到的扫描类型，然后通过代码的形式传递信息。”

汤姆刚要发表自己的见解，电子脑中的警铃响了。斯威夫特父子俩放下了手里的东西，冲向了机器。

“不知是不是埃克斯曼？”汤姆大声说。

按键很快就把答案在磁带中打了出来。同时，一组奇怪的数学符号一个接一个地在键盘上方发光的示波器显示屏中显现了出来。

磁带展开以后，汤姆和爸爸一起读了起来。

太空人给斯威夫特父子。请求信息正在研究中，有关能量的结果已发送至你的星球。

在快速地咨询了爸爸的意见后，汤姆发送了回复：

目前的进展我们很满意。进一步实验现在正在进行。请求延长能量的访问时间，在原定的二十一天基础上延期。

斯威夫特父子满心期待地站在机器旁边。他们的太空朋友会同意吗？时间一分一秒地过去，却没有答复传来，汤姆父子俩不安地互相看着。

“他们必须让埃克斯曼留下，爸爸！”汤姆说。

斯威夫特先生点了点头，说：“恐怕太空人会做出相反的决定。他们——”

警铃声打断了他的话，“爸爸，来信了！”汤姆简洁地说。

片刻之后，他们万分开心地看到了磁带上的几个词：

允许能量延长在地球上的访问。

两名科学家放心了，回到感官实验室继续实验。20分钟过去了，电子脑中的信号铃声再次响起。

“这次一定是埃克斯曼！”汤姆大声说。

展开的磁带很快便证实了他的猜测。

埃克斯曼发送给斯威夫特。高度忠诚下的二十四个小时地震。

“什么！”汤姆盯着磁带看着，困惑地皱起了眉，“那个‘二十四个小时地震’的部分，一定就是他在警示我们二十四小时之内会发生一次地震。但是剩下的话什么意思呢？”

“嗯……‘高度忠诚下’。”斯威夫特先生同汤姆一样困惑。他研究了几分钟这条信息，极不可能是电子脑在解码过程中出现了错误。任何新符号或没有被破译的符号出现，机器上都会亮起红灯的。

“汤姆，我认为现在唯一能做的就是发信号给埃克斯曼，问清楚什么意思。”

斯威夫特先生最终决定说。

汤姆同意了。他匆忙地发送了一个编码信号：

解释消息。

几秒钟之后收到了埃克斯曼的回复。这次的消息与上一条完全相同。

高度忠诚下的二十四个小时地震。

汤姆和斯威夫特先生不安地看着对方。

“天啊，爸爸！这真是可怕啊！”汤姆说道，“埃克斯曼给我们发了灾难的警告，而我们却卡在这儿了！”

桑迪微笑着站在门口。汤姆解释了危机始末，她的微笑顿时变成了忧虑。

“太可怕了！”桑迪喘着气说，“我们必须弄清楚其中

的含义！……等一下！”

汤姆期待地看着她问道：“想到什么了，妹妹？”

“嗯……”这个漂亮女孩犹豫着说，“你觉得会不会是埃克斯曼把外语中与‘高度忠诚’相近的词汇翻译出来了呢？比如，‘高度忠诚’可以理解成‘真正信念’。我知道在拉丁文中‘坚定信念’是‘包纳费德’”。

“桑迪！你猜出来了！”汤姆跳着穿过了房间，抱着他妹妹转起了圈，“埃克斯曼的意思一定是‘包纳费德’潜艇建造公司！他没敢冒险翻译得那么露骨。”

“正是！”斯威夫特先生同样欢呼着说。但他的脸上又严肃了起来，“那个公司的位置是在西海岸的圣安德烈亚斯断层。汤姆，那个地方地震了会造成致命后果！”

“是的，爸爸。”汤姆回答说，“我立刻打电话给迈尔斯博士和伯恩特·阿尔格伦！”

接下来的电话交流沉重而紧张。两个政府人员请求汤姆私人接管地震偏导仪方案。迈尔斯博士指出断层周边的震动会引起一系列地震，可能造成国难。

匆忙的讨论之后，汤姆同意待在这儿，不去西海岸地震神器的安置点了。这样他就能在更大区域内减弱冲波的影击响。

“我立刻飞去！”汤姆承诺说。

与此同时，伯恩特把命令转发给了包纳费德公司和相关官员，让他们尽快疏散当地人员。

汤姆匆忙准备之后就离开了。他打电话给机场，叫人准备一架带有升降机的喷气飞机。他还用工厂的对讲机联系到了巴德。巴德赶了过来。当他听到了这个消息的时候，很想陪着汤姆。

“你们两个给我听着！我命令你们在离开之前吃点东西！”桑迪说。

汤姆没有时间再耽搁了，桑迪给乔打了电话，乔自愿跟着他们出发。

乔骑着一辆小型摩托车，颠簸了一会儿之后到了机场，后面拖着一辆载满食物的手推车。

“天啊！”汤姆忍不住大笑地说，“没什么意外的话，我们明天就会回来！”

“带足食物——这个我的人生格言。”乔反驳说，“就像任何一个优秀的厨师一样。”

几分钟之后，汤姆的爸爸跟他握手告别，桑迪担心地亲了他一下。随后，汤姆把飞机开上跑道准备起飞。很快他们就升空，向西飞去。乔准备了一顿可口的饭菜。

飞机垂直降落在落霞山脉时还是白天。政府的安装人员和斯威夫特公司接替阿特·威尔特萨的技术人员热烈地欢迎他们到来。

“好像是在参加一场真正的挑战，汤姆。”工程师主管迈克·巴罗斯说。

“希望我们会通过吧！”汤姆举起交叉的手指说。

他检查了地震神器、动力装置和通讯装置的每一个细节，又打开了每一个双重控制门板，还调整了动力液压单元，以便于增加四个动力装置的工作压力。

“好了，我们现在能做的就只有等待了。”汤姆用胳膊擦了擦额头，低声说。

汤姆断断续续地睡了一晚上，大多数时候他都是希望随时被看守的工作人员叫醒。然而，并没有人来叫他。

黎明到来，乔全心全意地做了一顿爱心早餐，有咸肉、鸡蛋和小麦面包。又是几个小时的等待过去了。

“你觉得攻击会在什么时候发生呢？”巴德问。

汤姆耸了耸肩说：“‘二十四小时’的说法可能只是个概数。但我觉得两点以后是危险的阶段。”

汤姆与驻扎在全国各地的成员反复核对着情况。突然，无线电话操作员大叫了起来：“汤姆，你的爸爸打电话叫你！”

斯威夫特先生是从企业集团计算机接收器总部打来的电话：“埃克斯曼发来消息说，地震脉冲会在七分钟后发射——在格林尼治标准时间21:36。”

“爸爸，我准备好了。”汤姆说，他在挂电话前又询问了各个技术细节。

他向全体人员传达了口令，又扫了一眼手表。最后的检查开始了，每个人都在检查设备具体的细节。

不一会儿，他们开始接收无线电发来的频率信号，双向控制球里面的脉冲发生器开始“滴答”作响。汤姆研究着仪器的表盘。

等待使人们变得愈发紧张了。每个人脑中都跳动着相同的想法：

这个民族会濒临巨大灾难吗？还是汤姆·斯威夫特的发明会救民族于危难之间？

最后时刻逼近，汤姆按下了按钮。巨大的液压驱动装置开始启动，发送了横贯大陆的冲击波！

第十八章 地震岛

现在，对于汤姆和同伴们来说，最艰难的时刻来了——等着看冲击波偏导仪是否能成功阻拦敌人的地震波。

没有人说话。就在整个空间变得越来越静时，悬念变得让人无力承受。又过去了几分钟。

“我们什么时候能知道，汤姆？”一个队员最后小心翼翼地问道。

“希望很快。”汤姆简洁地回答。

但等待似乎是无穷无尽的。巴德与汤姆眼神交汇。巴德咧嘴笑了，举起交叉的手指，就像汤姆前一天晚上对迈克·巴罗斯做过的一样。汤姆挤出一个无力的笑回复他。

突然刺耳的电话声响起，打破了寂静。汤姆一把从无线电操作员的手中抢过了电话。

“我是汤姆·斯威夫特！……真的吗？……感谢上苍！我觉得我们都应该感恩，迈尔斯博士！”汤姆激动道。

“上天保护了我们，我确定，汤姆，”迈尔斯博士在电话的另一头说，“但是在这种情况下，他是通过汤姆·斯威夫特的地震神器起作用的！包纳费德当地和周围区域都没有震感——你的冲击波偏导仪完美地起了作用！”

汤姆无须再告诉其他人了，他在电话中的话语以及脸上的笑容说明了一切。电话挂了之后，不约而同地欢呼声响了起来。工作人员们簇拥在汤姆周围，拍他的背，和他握手。

“我希望全国人民都知道你所做的一切，汤姆。”迈克·巴罗斯说，“如果还有人不知道，保密工作结束之后，我会第一个去四处宣扬！”

“嘿，我一直就知道汤姆这精巧的装置会取得成功的！”乔“马后炮”似地说，言语中带着对他老板成就的自豪。

汤姆能做的只剩开心地笑了。“我们现在应该能回家了。”他对巴德和乔说。

正在他们准备离开的时候，无线电又响了，是从首都传来的。在距离太平洋800千米的地方，一位船长汇报刚刚看见了一个巨型海龙卷，还伴随着巨浪。

“那应该是敌人释放的冲击波与我们偏导仪冲击波的交会后，相互抵消的结果。”汤姆说。

“迈尔斯博士也这样认为。”来电者说。

很快，豪华的斯威夫特飞机穿过大西洋疾速返程。途中，汤姆用无线电给斯威夫特先生汇报了取得的最新胜利。他仍然用自动扰频器确保敌人的窃听人员不会拦截到信息。

“干得漂亮，儿子！”斯威夫特先生祝贺汤姆说，“我相信你有能力用你的地震神器掌控局势。”

“谢谢，爸爸。一会儿见。”汤姆说。

当飞机最终降落在斯威夫特企业集团，停在跑道上时，控制塔操作员在无线电中说：“哈伦·艾姆斯想在安保楼与小汤姆会面。他是几分钟前留的话。”

“收到！”汤姆回答说。

乔很节俭地带走了剩下的食物。与此同时，汤姆和巴德开着吉普车，穿过工厂来到了安保总部。

哈伦热情地问候两个男孩。“地震中的进展不错，汤姆！”他说，“我还有些好消息要告诉你。我们抓住了那天晚上模仿你爸爸给你打电话的人了。”

“什么？”两个男孩兴奋地说。汤姆问道：“他是谁？”

“肖普顿夏季剧院的一名演员。”哈伦回道。

“你们是怎么找到他的？”汤姆问。

“凭我的直觉。”哈伦继续说，“如果演艺人员不是企业集团的工厂员工，那么他就必须用别人的声音来生活。这就让我有了一个想法，检查所有的演员和附近驻地的广播员。他很快就原形毕露了，这个家伙的名字叫布伦特·诺兰。”

“你盘问过他了吗？”汤姆问。

“我正要去呢。”哈伦回答说，“拉德诺刚把他带进去。”

哈伦带路来到了旁边的办公室。一个有着金色卷发、瘦瘦的帅气年轻人坐在椅子上，一边是菲尔·拉德诺，另一边站着另一位肖普顿警官。这个演员很明显地紧张了起来，还流着汗。

“这是小汤姆·斯威夫特。”哈伦告诉他说，“布伦特·诺兰。”

布伦特点了点头。“是的，我在报纸上看到过你的照片很多次了。”这个演员试图强颜欢笑，但是他的面部肌肉却抽搐着。“我——我似乎通过那通伪造你父亲的电话开启了一出好戏。我很抱歉。”

“为什么要那么做？”汤姆问。

布伦特费劲地伸手摸了摸金色的卷发，困难地咽了一下口水说：“一个名叫朗克尔的教授给我钱让我干的。”

“朗克尔教授？”汤姆皱眉说。这个名字好像隐约有点印象。

“他讲话带外国口音，说他在格兰戴克大学做研究。”布伦特解释道，“他跟我说你应该在等着一种稀有的生物标本。他说你们都很想得到这个标本用于实验，但是他害怕你开价超过他。可是，如果他直接问你的话，你会很猜忌地守住秘密。所以，他雇我帮他问出来。”

“难道你就没想过他会是间谍机构的吗？”哈伦冷冷地问。

布伦特看起来很震惊。“相信我，我真的没想到！”他断言说，“朗克尔看起来很高兴。他说这只是为了缩短项目的时间。如果汤姆·斯威夫特得到了标本，他就会退出。我——我感觉我对于模仿声音这方面有点天赋，这正好给了我一个机会显摆。除此之外，我没感觉这件事没有什么危害。”

“没有危害？”巴德哼着说，“我们发现的时候，整个斯威夫特企业集团都紧张不安。”

布伦特伸出双手，显得很无助。“我真的很抱歉。”他重复说。

“你是怎么找到我爸爸的声音样本的？”汤姆问。

“我听了一段他在独立日那天肖普顿集会做的演讲录音。”布伦特解释说，“我从一家当地电台借来的磁带。我猜你们的安保人员也是在那盯上我的。”

“这个叫朗克尔的人长什么样子？”哈伦问。

布伦特想了一会说：“噢，我觉得他应该人过中年，头发灰白，戴着一副厚眼镜，而且身材还很魁梧。”

“嗯。那就肯定不是纳考了。”哈伦小声对汤姆说。

汤姆点点头，说：“我相信我知道他，我刚想起那个名字。一个月前，我曾在一个科学大会上遇见过朗克尔教授。他是布朗加利亚代表团的客座成员。”

“我们会查明他的身份的。”哈伦承诺道。他表情严肃地转向了这个年轻的演员。“好吧，布伦特，我想你可以走了。但是我警告你——不要再模仿了。”

这个演员慌张地道歉之后，迅速离开了，顿时如释重负。

“真是个笨蛋！”巴德低声说。

“在某种程度上他或许帮到了我们。”汤姆指出，“如果布朗加利亚叛军没有发现埃克斯曼的存在，我们也就不会把他们引入劫持圈套，他已经帮我们挽救了包纳费德潜艇建造公司。”

周一早上哈伦报告说，朗克尔教授已经离开了这个国家。汤姆一点也不觉得遗憾，因为逮捕或是公开审判可能会使埃克斯曼受到关注，身陷险境。要是有位话锋犀利的辩护律师追问起来，甚至还会把汤姆让太空大脑“投怀送抱”的真实目的透漏给布朗加利亚叛军。

就在此时，首都的来电称国务院的人正飞往斯威夫特企业集团，和斯威夫特父子协商应对布朗加利亚的袭击。午饭后，一队人乘飞机到了，情报局的约翰·瑟斯顿也来了。

“问题就在这儿。”他们在斯威夫特公司的办公室里讨论这件事时，国务院官员说，“我们应该在联合国之前控告布朗加利亚吗？还是应该借助免战的手段阻截布朗加利亚的叛军政变？”

斯威夫特先生皱眉思考着，说：“很难证明他们就是地震的制造者。”

"我觉得是没法证明的。"汤姆说，"除非我们把电子间谍的秘密泄露出来。"他暂停了一会儿，补充说："先生，如果国务院同意的话，我希望在官方行动之前多给我一些时间。"

汤姆说："地震神器对未来的地震波提供了有效的防护措施，除非地震波的力量大大增强。在此期间，通过埃克斯曼的协作，汤姆或许可以给布朗加利亚的爱国者提供一些有价值的信息。

国务院的人协商过后，约翰安静地说："我觉得值得冒这个险。"

在一行人离开之后，斯威夫特父子在汤姆的私人实验室里继续做起了感官实验。他们卖力地工作着，就在这时，电子脑中的信号铃响了起来。

两位科学家冲上前去看发来的信息。上面写道：

埃克斯曼给斯威夫特家。敌人的一台地震发生器是在……

信息中给出了精准的经纬度数据，继续说道：

一周内摧毁斯威夫特企业集团所在地。

汤姆和爸爸失望地叹了口气。"我本以为地震神器会保护我们！"年轻的科学家说，"我们的敌人肯定用自己的办法找到了企业集团另一个地理断层。"

汤姆急忙打开一本地图集，指出预计的攻击源头——太平洋海岸附近的巴拉拉岛。

“爸爸，肯定是这么回事！”汤姆严肃地说，“很明显，那些布朗加利亚叛军是想摧毁我们，并用某些方法通过埃克斯曼来统治地球！”

“我相信你说的对，儿子。”斯威夫特先生严肃地说，“我们必须马上行动！但是怎么做呢？”

信号铃声再次响起。这次埃克斯曼提供了很多军事细节，很明显是从布朗加利亚叛军总部下达的命令中获取的信息。细节包括北方即将有军事行动，还有忠于政府的军队要剿灭小股反抗力量的作战计划。

汤姆用电视录影带记录了下来，然后抓起电话打给了情报局。他把埃克斯曼发来的信息传达了过去，并询问A国特工是否能把它发送给布朗加利亚的爱国者们。

“别担心，保证传达到。”情报局官员向汤姆保证说，“多谢，这可能有很重大的意义。”

汤姆一挂断电话便做出了一个大胆的决定说：“爸爸，我要去领军突袭巴拉拉岛！”

“突袭！”斯威夫特先生震惊不已。

“根据地图集，那个岛贫瘠荒芜。”汤姆说，“因此，如果我们要在那里着陆，友军是不会反对的。如果敌军把那儿当作基地，对我国发起地震袭击，我们便有权调查。我可能还会了解这个基地的秘密——甚至使基地不再效力于敌军。”

“可是如果基地进行反抗的话，A国军事力量的突袭可能会引起麻烦。”斯威夫特先生严肃地说。

“这就是为什么我打算自己管理。”汤姆说，“我会承担起所有责任的。”

老汤姆回想起他自己年轻时惊心动魄的探索，眨了眨眼睛。“好吧，儿子。”他把手放在了汤姆的肩膀上说，“我知道我可以相信你的判断力。祝你好运！”

汤姆又给志愿者们发出了号召。巴德、汉克·斯特林、亚弗·汉森和乔都很想加入。不到一个小时他们便启程前往费林岛。在火箭基地，他们登上了“海洋猎犬”，这是汤姆最爱的一款海洋直升机。它带有可逆桨的旋翼，还具备原子涡轮旋转的功能，使其既可以升到空中，也能潜入到大洋最深的海沟里，直升机的推动力使它升空、入海都有着很快的速度。

设备装载完之后，“海洋猎犬”在空中向南边疾速飞去，到达太平洋。汤姆在此减速，降到海面，又沉入海底。

“海洋猎犬”从巴拉拉深海起飞时已是午夜时分。岩石孤岛黑黑的一片，遥望着南边繁星点缀的天空，岛上一点光线都没有。

“这里可能没有人。”巴德低声说。

“别指望了。”汤姆说，“他们会想办法不让过往船只或飞机注意到他们的存在的。”

汤姆用声呐探测岸边周围的环境，尽可能选择近地上岸，最终安心地将“海洋猎犬”在探出海滩的岩礁上安顿了下来。随后，他、巴德、汉克和亚弗爬了上去，带了一些营救工具和强光手电。

尽管乔喃喃不清地嘟囔着什么，大家还是要求他待在船上，和同行的其他两名船员一起在守卫飞船。

汤姆带着他的团队小心地离开暗礁上岸了。他们在漆黑的海滩上探测着。他们的脚步声在寂静的黑夜里听起来很诡异，除此之外，只听得到海风的呼呼声和海浪的拍岸声。

“这对幽灵来说真是个好地方！”巴德小声开玩笑地说。

岩石坡陡峭地向上延伸。30米之后，汤姆的团队发现了一个洞穴，敞开了黑色开口，仿佛打着哈欠。手电筒的黄色光束照出了一条通往里面的道路。便携式探测器的表针显示没有操作电子设备的场力。

“好的，我们进去吧！”汤姆说。

他们谨慎地向通道里前进，突然前面出现了一束强光，都快把眼睛晃瞎了！

第十九章 恶魔机器

汤姆和他的伙伴在强光中无助地眨着眼，心生恐惧。难道他们踏入巴拉拉岛的一瞬间敌人就已经发现他们了吗？难道他们盲目地走进了陷阱？

汤姆和他同伴的眼睛逐渐地适应了刺眼的光线。一扇门挡在了通道前，门虚掩着，光线从一个屋子里发出来。

“怎么回事？”亚弗气喘吁吁地问。

汤姆向下指了指嵌入通道地面上类似脚踏板活塞的东西。“那一定是个开关。”他解释说，“我不小心踩到了它，一定是它打开门，释放出了光线。”

巴德说：“噢！感谢老天这不是陷阱哦！”

“说不定是呢。”汉克严肃地低声问。

探索者们紧张而警觉地进入了神秘的房间。

突然，汤姆惊讶地大叫了一声：“地震仪！”

一个看起来像是汽车厂里大型冲压设备，上面装有大量钢床的巨大液压装置，嵌入了墙上的凹槽里。

汤姆冲到机器前，认真地检查起来。一个高功率的柴油发动机摆放在旁边，还有一些复杂的电子设备，在那中间还摆放着像蜘蛛网一样混乱的电线。汤姆觉得这套装置是用来定时并同步冲击波的。很显然，这整个装置是由墙上的一块控制板操控的，墙上还挂着把手和表盘。

“这真是个精巧的设计啊！”汤姆敬佩地称赞道。他仔细地勘察着设备上的细节之处，碰碰这儿摸摸那儿。他凭着出色的技术积累，又通过触摸来找到对于这台设备的“感觉”。“天啊，我很不想敬佩那些布朗加利亚叛军的科学家们做的任何东西，但这真是太棒了！”

“真的吗？好吧，不要被它迷倒了。”巴德说，“抓紧时间完成咱们的使命，然后赶快离开这儿吧。这个地方让我很抓狂！”

汤姆好像还是在愣神。“破坏这么杰出的工程设备简直就是毁坏艺术！而且你们听起来可能觉得很奇怪。”他犹豫着继续说道，“我们真的要把它‘就地正法’吗？”

“他们正在试图破坏我们的设备，不是吗？”巴德反驳说，“你好好想想他们已经造成多大的破坏了！你就打算袖手旁观，眼睁睁地看着企业集团也被毁掉吗？”

“巴德说的对。”汉克·斯特林安静地说，“看看这个。”

他招呼大家来到了洞穴的另一个角落，墙上用白色粉笔粗糙地写着一连串的符号，一半盖在了一堆岩石下面，不仔细看是发现不了的。

汤姆读了读符号，生气地喘息起来。这一系列经过核对的时间和地点正是近期发生地震的时间和地点。最后一条记号还没有打钩确认，写着：斯威夫特企业集团，提前五天。

“好了，我想不信也不行了！”汤姆严肃地说。

他迅速下达命令，汉克和亚弗冲回了“海洋猎犬”，拿着船上带来的水下抽水泵，并把它安装在了海滩旁边。他们把管子从那儿连接到了洞穴中，他们使用的是一种特殊材质的塑料管，很快就安装完了。

“用沙子和碎石把管子盖起来，这样别人就注意不到了。”汤姆说，“同时，巴德和我把这个设备安装好。”

“原来如此啊，汤姆！”汉克和亚弗回答说。

汤姆和巴德匆忙走过洞穴通道走到了外面后，就用带来的工具忙起来了。这台柴油机已经拆开了一部分，他们将沙子倒入了油料箱，发电机线圈被扯掉了。男孩们随后扯掉了电子设备的引线，缠成一团，又把设备差不多都拆开了，还粉碎了控制板。

“天啊，如果那些布朗加利亚的反叛者能让这个设备再次运作，那他们就真是天才了！”巴德和汤姆在片刻休息时，巴德兴奋地说道。

“这才仅仅是个开始，朋友！”汤姆说，“把机器处理了吧！”

要破坏大型地震装置则要困难得多。它的那些重型结构件必须一个一个拆开，或是撬开。当他们完成任务的时候，男孩们都已经汗流浃背了。

此时，汉克和亚弗在隧道里安装管道的工作已经完成了一半。好像是受到第六感驱使一样，汤姆和巴德把剩下的管道连接到机房时，他告诉他们回到海滩，启动抽水泵。

几分钟过后，他们的工作完成，汤姆和巴德冲出了洞口，摇晃着手电筒。接着就能听见水流经管道时沸腾的声音。带着一阵轰鸣，水喷涌而出，淹没了整个机房。

“快走！”汤姆猛拉着巴德的胳膊大喊。

就在他们刚到海滩与汉克和亚弗汇合的时候，汤姆敏锐的耳朵听到了黑暗中传来了飞机的“嗡嗡”声。

他警告地大喊着，并指向天空。一个幽灵般的飞机迅速冲到了他们的视野中，径直向他们飞来。四个人疯也似的冲向了海洋直升机。

他们到了暗礁一半的路程时，那架飞机急速俯冲，发出了震耳欲聋的轰隆声。

“隐蔽！”汤姆大喊，他害怕他们会投下炸弹。

所有人都躲进了岩石缝中。就在那一刻，飞机上发射出了闪电般炽热的光线，烧焦了他们刚刚离开的暗礁！

“是射线枪！”巴德气喘吁吁地说。

飞机的速度已经把它带离了小岛很远。在飞机没来得及进行下一轮攻击之前，汤姆和同伴们开始跑起来，冲过去保护“海洋猎犬”的安全。

飞机发动第二轮进攻的时候，他们上了飞船，关紧了舱门。这次燃烧射线扫过海洋直升机的托马塞特外壳，没有造成什么伤害。几秒钟后，“海洋猎犬”疾驰而去，潜入了海水中。

“呦！我们这次的速度打破了之前所有记录！”亚弗喘息着说。

其他人面色苍白地看着他，但都绽放着胜利的笑容。随后，他们开始推测那个光带是什么，谁在飞机上，还有敌人是否知道汤姆的团队在哪儿。

海洋直升机到达费林岛时，黎明划破了天际。探险者们立刻飞回了企业集团。汤姆和巴德在私人实验室旁边的公寓睡了几个小时。

早晨过后，整个团队在汤姆的实验室集合，给斯威夫特先生和哈伦·艾姆斯详细讲述了这次突袭。电子脑中的信号铃响了，众人冲向解码器。糟糕的消息等待着他们，消息中说：

埃克斯曼给斯威夫特家。你的敌人确定我是间谍，他们打算摧毁我。

“不！绝对不能让这件事发生！”汤姆惊讶地大叫，“爸爸，我要亲自去救它！”

对于汤姆的话，其他人都很震惊，纷纷反对。

“别发疯了！”巴德说，“你没有机会的！”

“你去救他就相当于自杀！”亚弗·汉森说。

乔一把抓住他年轻的老板汤姆说：“让你尝尝我的厉害，在你做那种愚蠢的行动之前，我先把你绑起来！”

哈伦插话说了一个最让人信服的观点。“我知道你的感受，汤姆。”他同情地说，“但是我敢肯定A国政府是绝不会允许这种冒险的行动的。”

汤姆在旁边焦虑地站着。他的努力钻研使太空脑的访问取得了科技上的成功，但也是他设计将埃克斯曼送去当间谍的。在汤姆的眼中，如果布朗加利亚的反叛者摧毁了埃克斯曼，那就无异于谋杀！这位年轻的科学家知道“身体”的毁坏并不会伤害到能量，但那意味着地球人就会“失去”它。

汤姆问自己，谁能说清“脑”无价的秘密，对地球上的科学研究能做出多大的贡献？如果布朗加利亚叛军获胜，或许斯威夫特家的太空朋友就无法再次访问我们的星球了！

汤姆绝望地看着爸爸。“你知道事关重大，爸爸！”他恳求道，“难道我们就不能做些什么吗？”

斯威夫特先生沉默不语，思考着在工作台上敲着铅笔。他抬起了头。

“汤姆，我只能想到一件事。”他说，“或许我们在X星球的朋友可以帮到我们。只有在太空脑准备回去时，他们才能控制能量。或许我们可以让他们把能量传回到这儿——不用任何地球上的传输形式，而是通过外太空科学家才知道的方式。”

汤姆满眼希望。“爸爸，这真是个好主意！”他说道，“我们试试吧！”

很快汤姆就传送到太空中一条信息。几分钟后，机器灯提示收到了回复。这样说：

如果你能从最初着陆点到敌人现在的位置划出一条强力无线电电波弧，我们会尝试营救。

几分钟过后，又一条信息发过来了，是关于如何发射电波的技术说明。结尾说：

设备准备好时通知我们。

“太好了！”乔大叫道，“据我预测我们一定会让老思考盒安全回家！”

“乔，他现在还没有回家。”汤姆笑着提醒说，但是仍旧很担心，“虽然很高兴听你这么说。这提醒到我了，我们现在首先要做的就是给埃克斯曼做一个新的思考盒！”

汤姆带着希望，彻底冷静下来，倾尽全力工作。在开始打造一个新的太空机器人之前，他通过电脑连线了埃克斯曼，询问了布朗加利亚叛军目前的准确地点，随后在埃克斯曼答复中收到了精准的经纬度数据。

接下来，汤姆用无线电发送了营救方案的指令。埃克斯曼一收到指令，得知X星球的隐形力量准备好输送它的能量后，它就会打开星头上的五个点。随后，它就可以自由地将能量与救援波束相连，然后用弧线发射回企业集团附近山坡上的一个位置，汤姆会带着新机器人在那儿等它。

埃克斯曼简洁地回答道：

明白。我会照做的。

汤姆快速下令："汉克！亚弗！巴德！还有，爸爸，我们肯定也会需要你的帮助！每个小时都很珍贵！我们必须尽快造出一个埃克斯曼机器人容器的复制品！"

斯威夫特企业集团的每一种资源都被利用了起来，大家积极投人行动。但是尽管他们创造过诸多科学奇迹，他们也变不出魔术。复杂的机器人装置还是需要若干小时技艺精湛的打造。

能量容器准备就绪时，夜幕降临了。与此同时，强力能量发射器和定向天线已经在山坡的固定地点安装完毕。电离层状态的大量报告被不断发送到总部。

斯威夫特家人和他们信任的同事们用卡车将新的机器人和电子脑送到了指定地点。汤姆随后便给他的太空朋友发送信号，说一切就绪。对方回复了打算救援的准确时间。汤姆给埃克斯曼发消息，埃克斯曼回复：

危险临近。布朗加利亚的科学家准备毁了我。

"大水牛怒吼吧！"乔说，"赶快行动吧，汤姆！我们得赶紧救那个太空人埃克斯曼！”

汤姆扫了一眼发光手表的表盘。倒计时滴答地响。突然他关了开关，发送了救援波束。又一会儿过去了，斯威夫特先生和观察员的眼睛紧紧地盯着夜空。

“它来了！”巴德突然大叫说。

一道刺眼的蓝白光线突然出现在众人的视野中，逐渐变大。汤姆准备好集装箱，打开了一个星头。

现在蓝色火球沿弧线坠落到山坡，形成了一道橘红色彗星尾巴似的轨迹。它“嘶嘶”作响地进入了集装箱，汤姆用力关闭了星头。

紧接着，汤姆摇晃着逐渐失去了意识！

第二十章 机器人间谍的故事

“汤姆！”他爸爸大喊。其他人也都焦急地围在了高高瘦瘦的年轻发明家身边，他倒在了新机器人旁。

“后退！给他充足的空气！”巴德要求说，“他怎么样了，斯威夫特先生？”

斯威夫特先生摸着汤姆的手腕，说：“他的脉搏还在跳动，但是非常微弱。他一定是被能量严重冲击到了！……汤姆！……汤姆，儿子，你能听见我说话吗？”

汤姆呻吟着，发出微弱的声音，但是并没有睁开眼睛。在斯威夫特先生手电筒的照射下，他面色苍白，嘴唇也没有血色。乔吓得无助地徘徊着。

“我马上给辛普森医生打电话，让他带呼吸机来！”汉克说。

“好的，去吧，汉克！”斯威夫特先生说，“快！”

几分钟过后，救护车来了。辛普森医生和他的助手跳下了车，他们还带来了复苏设备——为斯威夫特家专门设计的医务室设备——也匆忙地卸下了车。

紧张的时刻随之而来，最终汤姆开始对治疗做出了回应。很快他睁开了双眼，恢复了意识。医生拿着一杯水让汤姆抿了一口，汤姆虚弱地微笑了一下。

“好了。”他低声说，“我现在没事了，真是抱歉吓到你了，爸爸。”他开始起身。

“汤姆，这是为你准备的病床。请不要拒绝！”辛普森医生坚决地说，“这是怎么回事？”

“我觉得。”斯威夫特先生回答，“我们的太空朋友在帮助能量回到我们身边时，在地球上没有那么强的控制力，不能像把它从太空发送过来时那么容易。”

第二天上午十点左右，汤姆睡了一晚之后醒过来了，身体恢复了正常。尽管辛普森医生表示反对，他还是坚持换上衣服，匆忙地回到了实验室。

在那儿，他发现爸爸在一堆混乱的零件、工具和电子设备中专心工作着。旁边的埃克斯曼上身还带着仪表盘，控制器和输出设备露在外面。

“嗨！爸爸！”汤姆大步迈进实验室说，“你在为思考盒做些什么？”

斯威夫特先生看见汤姆，放松地笑了笑说：“早上好，儿子！感觉好些了吗？告诉你一个好消息！我给埃克斯曼安装一个人造语言装置。它已经通过电子脑向我们简述了布朗加利亚的局势。但是我认为如果它能亲自告诉我们的话会更好。”

斯威夫特先生继续说，地震阴谋的细节已经汇报给了国防部。汤姆对巴拉拉岛的突袭有效地阻止了进一步发动地震的企图。

布朗加利亚反叛者获取埃克斯曼机密的行动失败了，他们恼羞成怒，就决定分解机器人和它的脑能量。但是年轻的布朗加利亚爱国者们不断发起阻击战，他们忙得不可开交，才把这事给耽误了下来。

“真幸运！”汤姆深情地看着埃克斯曼笑了，“如果他们提前半个小时摧毁它，那我们就真的会为思考盒而伤心了。”

汤姆对爸爸设计的人造语言装置很好奇。讨论之后，他们决定让汤姆继续研究整合所有感官的中心电脑装置。他也会给埃克斯曼安装“耳朵”——一个声音接收装置。同时，斯威夫特先生继续研究语言装置，还要完善之前开始的视觉设备。

斯威夫特父子狂热地工作着，时间飞逝。他们在工作台上吃完了午饭，但到了晚饭时间不得不歇了一会儿。

在与斯威夫特夫人和桑迪吃过一顿可口的炸鸡之后，汤姆父子回到了企业集团，在实验室一直工作到了后半夜。然后，他们抓紧睡了几个小时，第二天一早又继续工作。

午后，企业集团充斥着激动的氛围。X星球的访客很快就能够直接与地球人交流了！巴德、乔、汉克·斯特林、亚弗·汉森和阿特·威尔特萨，还有斯威夫特企业集团的几个主要工作人员都聚在了实验室。斯威夫特夫人、桑迪和菲利斯也都来了。

感官实验最后的部分完工，并安装就绪。埃克斯曼准备说话了！

它的声音支支吾吾地发了出来，但就在他的话从大型的磁带集合中传出来时，声音变得清晰起来：

你们好，我的地球朋友们！

桑迪开心地尖叫起来，整个房间的人都为埃克斯曼的初次尝试鼓起了掌。做了些调整之后，它可以更加流畅自如地讲话了。

汤姆小声对菲利斯说："午饭之前我们进行了秘密试演，刚开始埃克斯曼只能像青蛙一样呱呱地叫。"

菲利斯看到太空生物开口说话这个场面非常激动，紧紧地握住了汤姆的手说："汤姆，它真是太棒了！"

汤姆表示同意，说："在布朗加利亚反叛者计划中，我们国家欠了埃克斯曼很多。"

让汤姆震惊的是，埃克斯曼的"耳朵"听到了这话，甚至连之前屋子里旁观者喋喋不休的话，它都听见了。

"你的国家欠你太多了，汤姆·斯威夫特。"埃克斯曼说，"你设计了电子间谍计划，还找到方法阻截了反叛者毁灭性地震的计划。"

人们的掌声让汤姆的脸有些发红，埃克斯曼继续说："如果我没说错的话，你很快就会了解到你做的还不止这些。”

汤姆听了这句话很迷惑。埃克斯曼继续讲述着它所了解到的，汤姆在推翻布朗加利亚反叛政权中所做出的英勇反抗，旁观者听得都很入神。

不一会儿，电话响了。汤姆接起电话，接线员告诉他是情报局的约翰·瑟斯顿打来的。

“好消息，汤姆。”情报局的人说，“我们刚刚得知布朗加利亚的合法政府军队已经对其首府城市和其他几个地方展开了严厉打击，叛军傀儡和他们的军队已经完全被摧毁了！”

汤姆听到这个消息，激动不已。

“还有。”约翰继续说，“也许你没有意识到，你通过电子间谍提供的信息是政府军取得胜利的关键原因。他们承诺拆除反叛者建造的其他两处地震基地。”

汤姆挂掉电话，转述了这个振奋人心的消息，巴德和其他人爆发出阵阵欢呼声。

“这些都要归功于汤姆·斯威夫特和他的秘密助手。”埃克斯曼说。

汤姆对这句话感到很困惑，但是还没来得及问这句话什么意思，屋子里的人就拥在他周围和他握起手来。斯威夫特夫妇微笑着，对他们儿子的最新胜利倍感骄傲。菲利斯和桑迪亲了汤姆一下，来表达她们的心情。

“嘿！没有我的份儿吗？”巴德抗议道。

女孩们还没回答，实验室的门打开了，哈伦·艾姆斯走了进来，旁边跟着一个灰色眼睛的年轻人，瘦瘦的，留着黑色平头。是萨姆森·纳考！

乔愤怒地大喊：“喂，给你盘香艾肉丁，你这个双面布朗加利亚——”

“等等，乔！”哈伦打断了爆发的乔，“请允许我介绍一下A国最成功的策反间谍之一，萨姆森·纳考先生！”

汤姆和他的朋友都震惊了。纳考略带不安地微笑着说：“我能够想象你们的感受——尤其是你，汤姆。但是，相信我，就算置你于严重危机之中，我也是不可能冒险收手的，比如当时我朝你们的潜水艇发射了导弹。我只能希望汤姆·斯威夫特会成功躲避我们。”

哈伦简单介绍了纳考的其他背景。他出生在布朗加利亚，在A国接受了工程师培训，也很热爱A国。看见祖国遭受着独裁者的威胁时，他就秘密地向情报局提出贡献一分力量，去对抗反叛者。很快，组织就让他成为一名策反间谍。

“作为间谍，我一刻也不敢放松。”纳考说，“我甚至要抓住机会在拉蒂的地窖里安置隐秘的火炮，让那些看着我的人相信我是站在他们那边的。汤姆，反叛者们让我去劫持你的太空机器人。但是，接下来我能够顺利接收到情报局的简讯，我就猜想你正在用它当诱饵。”

“我觉得我们所有人欠你一声道歉。”汤姆说，“还有我们的感谢，我们很幸运你能站在我们这边。”

“他救出了很多身陷囹圄的效忠者，还为政府武装提供了很多机密。”哈伦补充说。

“知道汤姆·斯威夫特把我当成朋友，真好。”纳考咯咯地笑着说，“从经验上来看，你一定是个不可小觑的敌人！”

其他人都围到萨姆森·纳考身边，向他热情地表示祝贺时，巴德拍了下汤姆的后背，说：“汤姆，我们下一步计划是什么呢？”

汤姆沉默了一会儿，没有回答。他也想知道下一步的科学探险之旅会到哪儿去。

终于，汤姆转向巴德，说：“我不确定，但是谁知道埃克斯曼这个机械装置里又会装着什么太空秘密呢！”